Klarant Verlag

Dörte Jensen ist an der Küste aufgewachsen und liebt die unendliche Weite Ostfrieslands. Der raue Charme der Landschaft, die Sprache und die direkte Art der Norddeutschen haben es ihr angetan. Viele ihrer Ideen kommen der Autorin durch die Begegnungen mit den Menschen an der Küste. In ihrem Haus hinterm Deich findet Dörte Jensen die Ruhe und Inspiration, um ihre spannenden Romane und Krimis entstehen zu lassen. Mit ihren Geschichten möchte die Schriftstellerin ihre Leser mitreißen und zugleich immer auch einladen zu einem literarischen Besuch Ostfrieslands und der ostfriesischen Inseln.

Dörte Jensen

Borkumer Melodie

Borkumer Polizei ermittelt 3

Ostfrieslandkrimi

Klarant Verlag

Klarant Verlag, www.klarant.de – www.ostfrieslandkrimi.de
ISBN: 978-3-96586-624-9
1. Auflage 2022
Umschlagabbildung: Klarant Verlag

Printed in the EU.

Dunkelmann

Borkum, November

Sören Burkard lehnte an der Hauswand, die Hände hatte er in den Hosentaschen vergraben. Ein rauer Herbstwind pfiff über Borkum hinweg und ließ Schaumkronen auf den Wellen tanzen, bevor sich die brachialen Brecher mit Getöse am Strand brachen.

Seine halblangen Haare wehten in der steifen Brise, der struppige Bart reichte ihm inzwischen bis zur Brust. Sein letzter Besuch bei einem Friseur war lange her, eine Dusche ebenfalls längst überfällig.

»Arschkalt«, murmelte der Ingenieur und trat von einem Bein auf das andere, wie ein Kind, das dringend zur Toilette musste. Er schlug den Kragen hoch, zog den Flachmann aus der Jackentasche und trank einen großen Schluck. Der Whisky rann durch seine Kehle und strömte wenige Augenblicke später als flüssiges Feuer durch seine Adern. Obwohl er sich der trügerischen Wärme bewusst war, genoss Sören die Illusion eines Wohlbefindens, das sie ihm in der Realität genommen hatte.

Anke. Seine Liebe. Sein Untergang.

Statt sich mit ihr abends auf das Sofa zu kuscheln und den vergangenen Tag in einem Gespräch Revue passieren zu lassen, redete er nur noch mit seinem Kumpel Bourbon, der in den letzten Monaten sein bester Freund geworden war. Im Gegensatz zu Anke war er ein guter Zuhörer und verzieh ihm seine Schwäche.

Als Sören Schritte hörte, drückte er sich fester an die Mauer und verschmolz mit der Dunkelheit zu einem Schatten. Das Klappern der Absätze erklang immer lauter, bis die Frau direkt an ihm vorbeiging und wenige Augenblicke später in einer Nebenstraße verschwand.

Sören holte tief Luft, denn erst jetzt wurde ihm bewusst, dass er aus Angst vor einer Entdeckung die ganze Zeit den Atem angehalten hatte.

Wo blieb Anke nur? Sie hätte längst daheim sein müssen. Ließ sie ihren Sohn so lange allein, weil sie Überstunden machen musste, oder vergnügte sie sich mit einem neuen Lover?

Beim Gedanken an einen Nebenbuhler ballte er in ohnmächtiger Wut die Hände zu Fäusten. Er würde niemals zulassen, dass sich ein anderer Mann zwischen ihn und seine Frau drängte.

Nicht länger seine Frau, sondern seine Ex.

Obwohl Sören sich mit allen Mitteln gegen die Scheidung gewehrt hatte, musste er sich am Ende des Gerichtsverfahrens mit der Trennung abfinden. Zu allem Überfluss war Anke auch noch das alleinige Sorgerecht für ihren gemeinsamen Sohn Mattes zugesprochen worden. Aber so einfach ließ er sich nicht ins Abseits drängen. Bald schon würden sie wieder eine Familie sein – sie wusste es nur noch nicht.

Als sich erneut Schritte nährten, spannte Sören jeden Muskel an – wie ein Raubtier auf der Pirsch. Der Wind trug den Duft ihres Parfums zu ihm, das nach Zitronen, Bergamotte und Glück roch. Der Geruch einer vergangenen Zeit, der nun vom Gestank seiner Einsamkeit überlagert wurde, der sich in jede seiner Poren gefressen hatte und ihn umgab wie ein Schwarm unsichtbarer Fliegen.

Als sie nur noch einen Meter von ihm entfernt war, löste er sich aus dem Schatten und versperrte ihr den Weg. Das fahle Licht einer Straßenlaterne kämpfte sich durch die trübe Dunkelheit dieses Abends und ließ seine Ex wie eine geisterhafte Silhouette erscheinen.

Anke blieb stehen und starrte ihn mit einem abschätzenden Blick an, in dem früher so viel Liebe gewesen war. Sören suchte nach Resten ihrer Zuneigung, fand aber nur eine abweisende Kälte.

»Wir müssen reden.«

»Es ist alles gesagt. Lass mich vorbei.«

»Wir gehören zusammen.«

»Bist du wieder betrunken?« Sie rümpfte die Nase, als könnte sie seine Fahne trotz des Windes riechen.

»Ich habe mir einen Schluck gegönnt. Ist kalt hier draußen.«

»Dann solltest du schleunigst in deine Wohnung zurückkehren.«

»Das ist nur ein Zimmer mit alten Möbeln. Ich will nach Hause zu meiner Familie.«

»Wir sind keine Familie mehr.« Anke trat vom Gehweg auf die Straße, um an ihm vorbeizukommen. Als sie auf seiner Höhe war, krallten sich seine Finger wie Klauen um ihren Oberarm.

»Lass mich los, oder ich schreie.«

»Nur zu, bei diesem Schietwetter wird dich niemand hören.« Er grinste und zog sie zu sich.

»Mach alles nicht noch schlimmer, als es ohnehin schon ist«, bat sie ihn.

»Ich will meinen Jungen sehen.«

»Nach dem Gerichtsurteil steht dir kein Besuchsrecht zu.« Anke sah ihm furchtlos in die Augen.

»Das ist mir egal. Ein Kind braucht seinen Vater. Wir werden jetzt zusammen nach Hause gehen und über alles sprechen.«

»Lass mich einfach in Ruhe, hörst du?« Sie wollte ihm ihren Arm entreißen, aber gegen seine Kraft konnte sie nichts ausrichten. »Du tust mir weh.«

»Das hast du dir selbst zuzuschreiben. Du hättest mich niemals verlassen dürfen.« Er griff noch fester zu und blickte in ihre tiefblauen Augen, in denen er schon bei ihrem ersten Date ertrunken war. »Ich liebe dich.«

»Du kennst nicht einmal die Bedeutung dieser Worte.« Sie zerrte erneut an ihrem Arm.

»Gibt es einen anderen Mann?« Er zog sie so weit zu sich, dass ihre Gesichter nur noch eine Handbreit voneinander entfernt waren, und schnupperte. »Hast du dich für einen anderen Kerl so eingedieselt? Du stinkst wie eine läufige Hündin.«

Die Ohrfeige kam aus dem Nichts. Anke zog ihre Hand so schnell zurück, als hätte sich ihr Arm in eine angreifende Schlange verwandelt.

Er rieb sich mit der freien Hand über die schmerzende Wange. »Es ist mir egal, von wem du dich flachlegen lässt. Ich werde aber keinesfalls zulassen, dass mein Kind mit einem Ersatzvater aufwächst.«

»Was willst du denn dagegen machen?« Sie reckte trotzig das Kinn vor.

»Dich töten.«

Anke zuckte unter seinen Worten zusammen, als wären diese Gewehrkugeln gewesen. Eine Weile herrschte ein Schweigen, das beide wie eine Eisschicht umgab. Keiner bewegte sich auch nur einen Millimeter – als wären sie erstarrt.

»Was um alles in der Welt ist nur mit dir geschehen? Wo ist der Mann geblieben, in den ich mich damals verliebt habe?«

»Er steht vor dir.«

»Nein.« Sie schüttelte den Kopf. »Das ist nur eine billige Imitation, die kaum noch Ähnlichkeit mit dem Original hat.«

»Ich werde mich ändern.« Für einen Moment schöpfte er Hoffnung.

»Du hattest deine Chance. Nun ist es zu spät.«

»Wir können neu anfangen.«

»Wolltest du mich nicht gerade noch töten?«

»Das habe ich doch nicht so gemeint.«

»Nach deinen bisherigen Wutausbrüchen bin ich mir dabei keinesfalls sicher. Wenn du mich nicht sofort loslässt, werde ich …«

Anke verstummte, als sie vom Lichtkegel einer Fahrradleuchte erfasst wurden. Wenige Augenblicke später hielt Hauptkommissar Hansen, der wie immer seinen quietschgelben Friesennerz trug, neben ihnen und fragte: »Ist alles in Ordnung?«

Sören wurde erst jetzt bewusst, dass er Anke noch immer festhielt. Er ließ ihren Arm los und zwang sich zu einem Lächeln.

»Moin Ragnar. Es ist alles okay, ich unterhalte mich nur gerade mit meiner Frau.«

»Anke? Stimmt das?« Der Polizist musterte sie mit ernstem Gesichtsausdruck.

»Wir haben nur geredet«, bestätigte sie und entfernte sich rasch.

»Borkum ist zu klein für euch beide«, sagte der Hauptkommissar zu Sören. »Du musst von der Insel verschwinden, bevor noch ein Unglück passiert, und solltest erst dann zurückkehren, wenn du dein Leben wieder im Griff hast.«

»Einen Scheiß muss ich.«

»Ich möchte dich nicht eines Tages einbuchten müssen. Geh nach Hause und schlaf deinen Rausch aus.« Hansen kaute auf dem Zigarrenstumpen, der mit seinen Lippen verwachsen zu sein schien.

Im ersten Moment wollte Sören mit einem dummen Spruch auf die Aufforderung reagieren, aber dann nickte er nur stumm und trottete mit gesenktem Kopf davon.

Bis dass der Tod euch scheidet, hatten sie sich einst vor dem Altar versprochen.

Er würde sein Versprechen halten.

Olde Düne

Krummhörn, zwei Jahre später

»Wir müssen in einer Stunde auf die Bühne«, erinnerte Stefan Saathoff den Gitarristen der Friesenband *Olde Düne* an den bevorstehenden Auftritt.

Karl-Heinz Neuber, der seit seiner Kindheit *Kalle* genannt wurde, stellte die Whiskyflasche, aus der er gerade einen Schluck genommen hatte, auf den Boden und griff nach der neben seinem Stuhl stehenden Gitarre. »Na und?«

»Du solltest weniger trinken. Bei unserem letzten Gig warst du total besoffen.«

»Betrunken bin ich immer noch ein besserer Musiker, als du es jemals sein wirst«, stichelte er gegen den Bassisten.

»Blödsinn, du kannst doch nur drei Akkorde fehlerfrei greifen. Ist dir schon mal aufgefallen, dass die Zuschauer deine Soli als Konzertpause nutzen, um sich Biernachschub zu besorgen oder pinkeln zu gehen?«

»Die Spacken verstehen nichts von guter Musik. Die echten Freaks stehen staunend vor der Bühne. Darf ich dich daran erinnern, dass du bisher noch keinen einzigen Song komponiert hast? Im Gegensatz zu dir bin ich ein musikalisches Genie.«

»Größenwahnsinnig bist du auf jeden Fall. Zudem …«

»Jungs, könnt ihr mit der albernen Machonummer aufhören? Wir müssen uns jetzt über den Vertrag unterhalten.« Anke wedelte mit einem Stapel Papier.

»Wir unterschreiben, das ist doch klar.« Der Schlagzeuger Bernhard Zeller ließ einen Drumstick zwischen seinen Fingern kreisen.

»Nee, so klar ist das nicht.« Die Sängerin knallte das Dokument auf den wackligen Campingtisch, den die Veranstalter des ›Wattenmeer‹-Festivals neben den Klappstühlen in den ausrangierten Bauwagen gestellt hatten, der ihnen als Garderobe diente. Vervollständigt wurde das spärliche Mobiliar von einem Tapeziertisch, auf dem belegte Fischbrötchen, Käsestullen und diverse Flaschen standen.

Kalle schlug ein Riff auf seiner elektrischen Gitarre an, die mit einem kleinen Verstärker verbunden war.

»He, du Arsch, Anke redet mit dir.« Stefan erhob sich von seinem Stuhl.

»Lass mal, ich kann durchaus für mich alleine sprechen.« Sie hob die Hand und signalisierte ihrem Lebensgefährten damit, dass er sich zurückhalten sollte.

»Ich werde diesen Knebelvertrag nicht unterschreiben.« Die Sängerin ließ den Blick über die drei Musiker schweifen, die es sich auf den Klappstühlen so bequem wie möglich gemacht hatten.

Der Drummer hielt die Stöcke fest. »Mit dieser Tour können wir den ganz großen Durchbruch schaffen. Zudem wird unsere neue CD dann überall erhältlich sein. Damit werden wir die Charts rocken. Wo ist dein Problem?«

»Beim Kleingedruckten.« Anke deutete auf einen Abschnitt, dessen Buchstaben so klein waren, dass man sie für Fliegendreck hätte halten können. »Darin steht, dass wir nicht länger in unserer Heimatsprache singen dürfen.«

»Na und? Dann singst du die Texte eben nicht mehr in Platt, sondern in Hochdeutsch. Meinetwegen kannst du die Lieder auch in koreanischer Sprache trällern.«

»Wir sind eine Friesenband und kein Fließbandprodukt der Plattenindustrie«, empörte sie sich. »In unseren Songs geht es um unsere Heimat und das Leben auf Borkum. Wir sind doch keine Schlagertruppe, die dämliche Texte über Liebe und Sehnsucht in die Mikrofone plärrt.«

»Auf die Texte achtet ohnehin niemand.« Kalle schlug ein weiteres Riff an.

»Holl dien kodderigen Sabbel!«, ereiferte sich Anke und funkelte den Gitarristen wütend an. »Unsere Lieder sind musikalische Botschaften für unsere Fans.«

»Stimmt, wir haben voll die Message«, bekräftigte Stefan. »Die Leute mögen unsere Authentizität und stehen auf Ankes Texte.«

»Davon kann ich mir aber nichts kaufen«, schaltete sich der Drummer in das Gespräch ein. »Ich habe keinen Bock mehr, tagsüber an Autos rumzuschrauben und abends vor einer Handvoll Zuschauer in einer Kneipe aufzutreten. Mit der Kohle der Plattenfirma kann ich meinen Job schmeißen und mich nur auf die Musik konzentrieren.«

»Willst du ernsthaft einer von diesen Hampelmännern im Schlagerzirkus sein, die mit Dauergrinsen auf der Bühne stehen und sich wie kleine Kinder im Takt wiegen?«

»Die Weiber stehen auf diese Typen. Ich habe nichts gegen Groupies.« Kalle grinste anzüglich.

»Alter, das wird voll geil.« Zellner klatschte den Gitarristen ab.

»Wann wollt ihr eigentlich erwachsen werden?« Anke seufzte vernehmlich.

»Spiel dich mal nicht so auf, wir sind schließlich keine Kinder mehr.« Kalle ließ seine Finger über das Griffbrett flitzen.

»Mit diesem Vertrag wird uns sogar das Outfit vorgeschrieben«, ereiferte sich die Sängerin und warf Zellner einen bösen Blick zu. »Willst du dich in alberner Seemannskleidung auf der Bühne zum Affen machen?«

»Das nennt man Showbusiness«, belehrte sie der Schlagzeuger und schlug die Drumsticks aneinander.

»Das nennt man Schwachsinn.« Anke deutete auf das Dokument. »Ich werde diesen Vertrag nicht unterschreiben.«

»Kein Problem. Dann suchen wir uns einfach eine neue Sängerin.« Der Gitarrist hörte mit der Klimperei auf.

»Das steht nicht zur Diskussion. Anke bleibt in der Band. Ich würde den Vertrag auch unterschreiben, respektiere aber ihre Entscheidung. Das solltet ihr auch.«

»Stefan, bei deinen Schulden brauchst du die Kohle doch dringender als wir.« Der Drummer schlug seine Stöcke fest gegeneinander.

»Das stimmt. Dennoch werde ich nicht gegen Ankes Willen handeln.«

»War ja klar. Schließlich bist du ihr dressiertes Schoßhündchen, das immer brav mit dem Schwänzchen wedelt, wenn Frauchen ruft«, lästerte Kalle, bevor er ein »Wuff« hinzufügte.

»Du bist so ein Arschloch.« Stefan streckte ihm den ausgestreckten Mittelfinger entgegen.

»Mir reicht es jetzt. *Olde Düne* ist meine Band und ich lasse mir von niemandem vorschreiben, was ich zu singen und wie ich mich zu kleiden habe. Zudem werde ich meinen kleinen Jungen nicht für die Dauer der Tour alleine lassen.«

»Du kannst doch ein Kindermädchen einstellen«, schlug der Bassist eine Lösung vor.

»Ein Kind braucht seine Mutter. Mattes hat in seinem kurzen Leben schon genug durchgemacht, ich kann ihn keinesfalls im Stich lassen.« Anke warf den Vertrag in die Kiste, die als Mülleimer diente.

»Hast du noch alle Latten am Zaun?« Zellner sprang auf und fischte das Dokument wieder heraus. »Da sind jetzt Ketchupflecke drauf. Voll eklig.«

Kalle stellte seine Gitarre in den Ständer und baute sich vor Anke auf. »Ich lasse mir von dir nicht die Chance meines Lebens ruinieren. Jeder Seehund singt besser als du.«

»Ihre Stimme ist das Markenzeichen der Band. Anke ist unersetzbar. Einen neuen Gitarristen finden wir hinter jeder Düne.« Stefan erhob sich ebenfalls.

»Ohne mich seid ihr nur ein Haufen musikalischer Stümper«, gab Kalle zurück.

»Du solltest dein Ego mal wieder an die Leine nehmen. Anscheinend hältst du dich wirklich für Jimi Hendrix.« Stefan lachte.

Kalle musterte den Bassisten einen Moment lang aus zusammengekniffenen Augen. Dann stieß er ihn so fest vor die Brust, dass dieser einen Ausfallschritt machte, um sein Gleichgewicht zu halten. Dabei stolperte er über seinen Klappstuhl und kippte mit einem Aufschrei nach hinten.

»Alles okay?« Anke beugte sich über ihn.

»Geht schon.« Stefan stützte sich auf seine linke Hand und verzog dann das Gesicht vor Schmerzen. »Du hast mir den Finger gebrochen.« Er beäugte seinen Mittelfinger, der bereits verdächtig anschwoll. »Damit kann ich unmöglich spielen.«

»Sei nicht so ein Weichei und reiß dich gefälligst zusammen.« Kalle griff wieder nach seiner Gitarre, als würde ihn die Angelegenheit nichts angehen.

»Ist das alles, was du dazu zu sagen hast?« Anke half ihrem Freund auf.

»Wenn wir mit Stefan nicht so einen Loser in der Band hätten, würden wir …«

»Leute, ihr könnt gleich zum Soundcheck auf die Bühne.« Der Veranstalter des ›Wattenmeer‹-Festivals, ein spindeldürrer Lulatsch von knapp zwei Metern Körpergröße mit schulterlangen braunen Haaren, stand im Türrahmen und sah von einem zum anderen. »Was ist denn hier los?«

»Kalle hat mir meinen Finger gebrochen.« Stefan hielt ihm sein lädiertes Körperteil vor die Nase. »Damit kann ich keinesfalls auftreten.«

»Wenn du ein echter Mann wärst, würdest du nicht rumjammern, sondern die Zähne zusammenbeißen.«

»Kalle, halt die Klappe. Du hast für heute genug Unheil angerichtet.«

Der Gitarrist musterte die Sängerin voller Verachtung. Dann schnappte er sich sein Instrument und drängte sich am Veranstalter vorbei.

»Wo willst du denn hin?«, rief ihm der Drummer hinterher.

»Auf die Bühne. Ich werde auf jeden Fall spielen.«

»Warte auf mich.« Zellner eilte ihm nach.

»Tretet ihr jetzt auf oder nicht?« Der Dünne, dessen Haare ihm von einem Windstoß ins Gesicht geweht wurden, sah Stefan fragend an.

Statt einer Antwort griff dieser nach seinem Bass und hängte sich das Instrument um. Wenige Augenblicke später ließ er die Arme sinken und schüttelte den Kopf.

»Keine Chance. Mit dem Finger kann ich nicht vernünftig greifen.«

»Könnt ihr seine Bass-Spuren vom Band einspielen?« Der Veranstalter gab die Hoffnung nicht auf.

»Generell ist das kein Problem, aber wir haben die Aufnahmen nicht dabei. Wenn Stefan nicht spielen kann, werden wir den Auftritt absagen müssen.«

»Ihr seid Headliner, die meisten Leute sind nur wegen euch gekommen.« Der Langhaarige warf die Hände in die Luft. »So schnell kann ich keinen Ersatz organisieren. Was soll ich den Zuschauern denn erzählen?«

»Die Wahrheit.« Anke ließ sich auf einen Klappstuhl fallen.

»Soll ich euren Fans ernsthaft mitteilen, dass ihr wegen einer bandinternen Prügelei nicht auftreten könnt?« Der Veranstalter deutete mit einem Kopfnicken auf den am Boden liegenden Stuhl.

»Natürlich nicht. Ich hatte einen Unfall. Ende der Geschichte.« Stefan begutachtete seinen Mittelfinger, der weiter anschwoll, wobei er immer mehr die Farbe einer Aubergine annahm.

»Sag den Fans, dass wir als Ersatz ein Gratiskonzert spielen werden. Ort und Zeitpunkt werden wir in den nächsten Tagen auf unserer Homepage und in den sozialen Medien bekanntgeben.« Die Sängerin fuhr sich in einer fahrigen Geste über das Gesicht.

»Ohne Auftritt bekommt ihr heute auch keine Gage.« Der Veranstalter drehte sich um und stampfte davon.

»Das Geld hätte ich gut gebrauchen können. Mattes muss neue Schuhe haben und ich …« Anke verstummte und blickte ihren Freund an. »Vielleicht sollte ich den Vertrag doch unterschreiben.«

»Damit würdest du nicht glücklich werden. Die Band ist stark genug, um ihren eigenen Weg zu gehen.«

»Ist sie das?«, fragte sie mit Blick auf seine Verletzung.

»Notfalls werfen wir Kalle aus der Band und suchen uns einen anderen Gitarristen. Er ist …«

»… verdammt gut, das weißt du. Seine Kompositionen sind echt klasse.«

»Wir kommen auch ohne ihn klar. Unser Markenzeichen ist deine Stimme.«

»Hoffentlich ist sie auch laut genug, um bei anderen Plattenfirmen gehört zu werden.«

»Wir dürfen die Hoffnung nicht aufgeben.« Stefan trat zu Anke und strich ihr sanft über die Wange.

Musikpavillon

Borkum, August

»Ich bin total aufgeregt.« Die Buchhändlerin Heike Gessner räumte am späten Nachmittag einen Stapel Bücher, den die Kunden nach der Lektüre irgendwo abgelegt hatten, wieder in die Regale.

»Hoffentlich findet das heutige Konzert überhaupt statt.« Der Polizist Jan Jepsen reichte ihr einen Krimi an, den sie ins Alphabet sortierte. »Im Juli sind wir wegen *Olde Düne* extra auf das ›Wattenmeer‹-Festival gefahren – nur um dann zu erfahren, dass die Band nicht spielen wird. Was ist eigentlich dran an den Gerüchten, dass sich die Mitglieder untereinander in die Haare geraten sind?«

»Keine Ahnung.« Heike rückte die Buchreihe gerade. »In den Internetforen wird behauptet, dass Kalle den Bassisten bei einer handgreiflichen Auseinandersetzung verletzt hat. Als Grund geben einige Fans an, dass sich der Gitarrist mit Anke gestritten hat und sie aus der Band werfen wollte. Stefan hat sich dabei wohl auf die Seite der Sängerin geschlagen, was nicht weiter verwunderlich ist – schließlich lebt er mit ihr zusammen. Anke soll angeblich einen Plattenvertrag abgelehnt haben, aber das sind, wie gesagt, alles nur Gerüchte. Das Leben in einer Band stelle ich mir wie in einer Familie vor. Da fliegen auch gelegentlich die Fetzen. Wir hatten doch trotzdem ein schönes Wochenende in der Krummhörn, meinst du nicht auch?« Bei dieser Bemerkung zwinkerte sie Jan zu.

»Da ist was dran.« Er grinste verschmitzt. »Treffen wir uns um sieben vor dem Atelier?«

»Hilfst du mir bis dahin nicht beim Aufräumen?« Heike deutete mit einer ausladenden Geste auf drei hohe Buchstapel, die noch verräumt werden mussten. »Im Lager habe ich noch einen Karton mit den CDs der Band, die mir die Sängerin zum Verkaufen vorbeigebracht hat. Die müssen noch in den Plexiglasständer an der Kasse geräumt werden.«

»Ik schiet di wat mit Aufräumen.« Ragnar Hansen reichte ihr das Taschenbuch, in dem er in den letzten beiden Minuten geblättert hatte. »Auf unseren Schreibtischen stapeln sich die Ermittlungsakten. Kannst du mir das Buch als Geschenk verpacken?«

»Gerne. Wem willst du es denn überreichen?« Heike ging zur Kasse und riss mit Ankermotiven verziertes Geschenkpapier von einer Rolle.

»Mir selbst. Da mir mein Kollege nie etwas schenkt, muss ich mich um meine eigenen Präsente kümmern. Zudem kann ich in dem Papier später ein Weihnachtsgeschenk einpacken, das spart Geld.« Er schob seinen Zigarrenstumpen in den linken Mundwinkel.

»Du hast von mir schon eine Zigarre und mehrere Schokobrötchen bekommen«, stellte Jan richtig und deutete dann auf den Aufsteller im Eingangsbereich, in dem die Buchhändlerin ihre eigenen Bücher präsentierte. »Verkaufen sich deine Romane immer noch so gut?«

»Die Nachfrage lässt langsam nach.« Sie band eine Schleife um den eingepackten Roman. »Wird Zeit, dass ich mal wieder einen neuen Krimi schreibe. Bearbeitet ihr gerade einen interessanten Fall?«

»Darüber dürfen wir keine Auskunft geben. Was kostet das Buch?«

»Informationen für eine neue Geschichte.« Heike grinste.

»Nichts da.« Hansen zog einen verknitterten Zwanzig-Euro-Schein aus der Hosentasche und legte ihn auf den Zahlteller. Wenige Augenblicke später steckte er das Wechselgeld in die Tasche seiner blauen Cordhose und nahm das eingepackte Buch entgegen.

»Wenn du heute Abend früher Schluss machen willst, solltest du dich besser an die Arbeit machen.«

Jan, dem diese Ansage gegolten hatte, hob die Brauen. »Meine Schicht endet um achtzehn Uhr. Dann habe ich ohnehin Feierabend.«

»Du hast erst dann Feierabend, wenn ich es sage.« Der Hauptkommissar drückte die Tür der Buchhandlung auf und trat auf die Straße.

»Elender Sklaventreiber«, grummelte Jan und folgte ihm.

Heike sah den beiden Polizisten einen Augenblick lang nach, dann machte sie sich wieder an die Arbeit. Beim Aufräumen dachte sie an ihre Enttäuschung nach der Konzertabsage ihrer Lieblingsband *Olde Düne* auf dem Festival. Die Stimme der Sängerin verzauberte sie in den ruhigen Passagen ihrer Liebeslieder ebenso wie mit ihren kraftvollen Schreien, mit denen sie menschliches Unrecht oder Naturzerstörung anprangerte.

Da Heike sicher war, dass *Olde Düne* eines Tages auf den großen Bühnen Deutschlands spielen würde, freute sie sich umso mehr auf den heutigen Auftritt der Band im Musikpavillon auf der Kurpromenade. Der Vorhersage nach würde das Wetter auch an diesem Abend mitspielen. Was gab es Schöneres, als einen Sonnenuntergang zur Musik von *Olde Düne* zu bewundern?

Heike pfiff vergnügt vor sich hin, bis sie von einer Kundin aus ihren Tagträumen gerissen wurde. Um zwanzig nach sechs schloss die Buchhändlerin die Ladentür zu und drehte das hinter dem Glas baumelnde Blechschild um, sodass von außen nun in verschnörkelten Buchstaben das Wort *Geschlossen* zu lesen war.

In ihrem Büro, das nur durch einen Vorhang vom Verkaufsraum abgetrennt war und die Größe einer Abstellkammer hatte, schlang sie ein Käsebrötchen hinunter und spülte die schnelle Mahlzeit mit einigen Schlucken aus der Wasserflasche nach. Danach quetschte sie sich in das kleine Badezimmer, in dem sich neben einer Toilette und einem Waschbecken noch ein schmales Regal mit Handtüchern und Toilettenartikeln befand. Heike griff nach der Bürste, kämmte ihre bis auf den Rücken fallenden Haare und bändigte die dunkelblonde Mähne danach mit einem bordeauxfarbenen Stirnband. Nachdem sie sich die Lippen nachgezogen und etwas von ihrem Lieblingsduft aufgetragen hatte, verließ sie die Buchhandlung durch die Hintertür, verschloss diese und machte sich zu Fuß auf den Weg zur Kurpromenade.

Das war schwieriger als gedacht, denn bereits in der Strandstraße drängten sich Hunderte Fans, die wie sie zum Auftrittsort wollten. Heike schob sich zwischen den Menschen hindurch. In der Jann-Berghaus-Straße standen die Zuschauer bereits so dicht, dass sie sich ihren Weg erkämpfen musste. Vor der Nordseeklinik strandete sie in einer Gruppe junger Frauen, die mit einer Flasche Sekt, die sie in der Runde rumgehen ließen, bereits ausgelassen feierten.

Erst einige Momente später konnte sie sich ihren weiteren Weg durch die Menge bahnen, die den oberen Teil der Strandpromenade bevölkerte. Die Glücklichen, die einen Platz in der ersten Reihe bekommen hatten, wurden mit einem freien Blick zum Musikpavillon belohnt. Wahrscheinlich hatten sie sich bereits um die Mittagszeit hier eingefunden, um den besten Platz zu ergattern und das Konzert in vollen Zügen genießen zu können.

Heike kämpfte sich über einen Strandaufgang zur unteren Kurpromenade durch und schaffte es mit zehnminütiger Verspätung zum Treffpunkt, wo sie von Jan bereits erwartet wurde.

»Wahnsinn!« Der Polizist, der seine Uniform gegen eine Jeans und ein weißes T-Shirt mit einem *Borkum*-Schriftzug getauscht hatte, deutete auf die Zuschauer, die so dicht standen, dass ein Durchkommen kaum noch möglich war. »Die Gastronomen haben Tische und Stühle abgeräumt und stattdessen Getränkestände aufgebaut«, informierte er sie.

»Ich könnte ein Glas Prickelbrause vertragen. Was ist mit dir?«

»Ein Bier wäre super. Hoffentlich verdursten wir vorher nicht.« Er ergriff ihre Hand und gemeinsam bahnten sie sich ihren Weg durch die Fans, die bereits lauthals den Namen der Band skandierten.

Kurz vor der Show hatten sie einen Platz gefunden, der nur wenige Meter vom Musikpavillon entfernt war. Die Sprechgesänge wurden immer lauter und endeten in einem kollektiven Aufschrei, als die Band den Pavillon betrat, bei dem alle Fenster geöffnet waren. Die Musiker winkten ihren Fans zu und stiegen mit der Melodie zu dem Lied *Freiheit ist eine Insel*, das eine Liebeserklärung an Borkum war, in den ersten Song ein.

Die Sängerin wurde dabei von ihren Fans unterstützt, von denen die meisten den gesamten Text auswendig kannten. Beim Refrain wurde der Chor so laut, dass es den Anschein hatte, als würde jeder Zuschauer die Botschaft voller Inbrunst in den Abendhimmel brüllen. Auch Heike sang begeistert mit. Dass sie kaum einen Ton traf, interessierte hier niemanden.

»Moin Borkum!« Nach dem Ende des Liedes begrüßte die Sängerin das Publikum, das ihr lautstark zujubelte. Dabei breitete sie die Arme aus, als wollte sie die ganze Insel an sich drücken. »Danke für diesen unglaublichen Empfang. Ihr seid die besten Fans der Welt. Wer von euch liebt einen *Strandtag* so wie wir?«

Bei der Nennung eines ihrer größten Hits brandete Applaus auf, in den sich ein Gitarrenlauf mischte, der das Lied einleitete. Auch jetzt zeigten sich die Zuschauer äußerst textsicher und ließen den Refrain *Strandtag, so wie ich ihn mag* wie eine Hymne erklingen, die bis zum Festland zu hören sein musste.

Als der Schlagzeuger mit ohrenbetäubender Lautstärke in den nächsten Song einstieg, legte die Sängerin urplötzlich die Hand auf ihr Herz – als wollte sie den Fans auf diese Weise für ihre Unterstützung danken. Dann fiel sie in sich zusammen wie eine Marionette mit zerschnittenen Fäden. Der Gesang des Publikums verstummte nach und nach, bis nur noch das Brandungsrauschen und die Schreie der Möwen zu hören waren.

Eine kollektive Schockstarre schien die Anwesenden erfasst zu haben, denn einige Augenblicke lang rührte sich niemand. Der Gitarrist eilte zur Sängerin und beugte sich über sie, wobei ihm sein Instrument, das er noch immer mit einem Schultergurt gesichert hatte, im Weg war. Als er sich wieder aufrichtete, glich sein Gesichtsausdruck einer wächsernen Maske des Schreckens. »Wir brauchen einen Arzt. Sofort«, schrie er ins Mikrofon.

Seine Durchsage löste die Menschen aus ihrer Erstarrung. Während einige Richtung Nordsee drängten, wollten andere über die Strandaufgänge verschwinden. Die Menge glich plötzlich einem tobenden Meer, bei dem einzelne Zuschauer wie Nussschalen auf wogenden Wellen hin und her geworfen wurden.

Jan legte schützend die Arme um Heike. »Zum Strand. Dort haben wir mehr Platz.«

Sie drückte sich an ihn und versuchte, seinen Schritten zu folgen, damit sie nicht über die Füße des jeweils anderen stolperten und sich gegenseitig zu Fall brachten. Die Wellenbewegungen der Fans wurden immer heftiger und drückten das Paar so fest zusammen, dass Heike kaum noch Luft bekam und panisch um sich schlug.

»Bleib ruhig«, schrie Jan sie an und bugsierte Heike in eine Lücke, die sie etwas weiter zu ihrem Ziel brachte. Einige bange Minuten später standen sie zwischen den Strandzelten. Am Strand war so viel Platz, dass sich die Menschen dort gefahrlos verteilen konnten. Nach dem ersten Schrecken redeten nun alle durcheinander. Von der Nordseeklinik aus war das Martinshorn eines Rettungswagens zu hören.

»Was ist passiert?« Heike stützte die Hände auf die Oberschenkel ab und schnaufte wie nach einem Marathon.

»Keine Ahnung. Kommst du alleine klar? Ich muss wissen, was hier los ist.«

»Natürlich.« Die Buchhändlerin nickte tapfer, auch wenn sie Jan am liebsten noch in ihrer Nähe gehabt hätte. »Pass auf dich auf, okay?« Sie ergriff seine Hand.

»Geht klar. Ich melde mich später.«

Er entzog ihr die Hand und war wenige Augenblicke danach in der Menge verschwunden. Heike drehte sich einmal um die eigene Achse. Inzwischen war der Strand voller Menschen, die in kleinen Gruppen zusammenstanden. Einige redeten wild gestikulierend miteinander, andere hielten sich in den Armen. In die aufgeregten Stimmen mischte sich immer wieder ein Schluchzen.

»Was ist hier eigentlich los?« Ein korpulenter Mann von etwa dreißig Jahren kam auf sie zu. Hinter ihm schlurften zwei weitere Kerle, die anscheinend seine Freunde waren, durch den Sand.

»Das wüsste ich auch gerne.« Heike kramte ihre Zigaretten aus der Hosentasche und zündete sich mit zitternden Händen einen Glimmstängel an.

»Die Sängerin wurde erschossen.« Eine junge Frau mit langen schwarzen Haaren, die den Dialog gehört haben musste, blieb stehen.

»Echt jetzt?« Der Korpulente fuhr sich durch die Haare. »Ich habe keinen Schuss gehört.«

»Den werden viele Fans wegen der lauten Musik nicht vernommen haben«, mutmaßte Heike, die die Nachricht erst einmal verdauen musste und sich dann fragend an die Schwarzhaarige wandte. »Woher weißt du das?«

»Ich habe den Mord gefilmt.« Die Konzertbesucherin zog ihr Smartphone aus der Hosentasche und aktivierte eine Videodatei, auf der Anke Burkard in ihrem weißen Bühnenkleid zu sehen war – das sich in Höhe der linken Brust plötzlich rot färbte.

Sie vergrößerte das Bild und nun war deutlich zu erkennen, wie die Sängerin von einer Kugel getroffen wurde und die Hand auf ihr Herz legte – auf dem Gesicht ein Ausdruck des Staunens. Dann brach sie zusammen und blieb reglos auf der Bühne liegen.

»Du musst diese Datei der Polizei zur Verfügung stellen.« Die Buchhändlerin deutete auf das Gerät und zog dann an ihrer Zigarette.

»Wieso das denn? Habe ich mich mit der Aufnahme etwa strafbar gemacht?« Die Schwarzhaarige steckte das Mobiltelefon wieder ein, als befürchtete sie, dass Heike es konfiszieren könnte.

»Keinesfalls. Möglicherweise können die IT-Experten damit aber einen Hinweis auf den Schützen finden.«

»Da ist was dran.« Sie drehte sich um und verschwand zwischen den Strandzelten.

Heike, die sich auf dem Strand ziemlich verloren vorkam, machte sich auf den Heimweg. Die Menge hatte sich inzwischen so weit zerstreut, dass sie es ohne Drängelei bis zur Kurpromenade schaffte. Ragnar Hansen stand in seinem quietschgelben Friesennerz und den gleichfarbigen Clogs vor dem Musikpavillon und versuchte die Gaffer, die den

Rettungskräften bei ihrem Einsatz im Weg standen, zu vertreiben.

»Wenn du dich nicht sofort vom Acker machst, wirst du die Nacht in der Zelle verbringen, hast du das kapiert?« Er deutete auf einen Hünen mit Stoppelhaarschnitt, der den Hauptkommissar einen Moment lang mit einem abschätzenden Blick musterte, bevor er sein Smartphone einsteckte und sich davonschlich.

»Wurde die Sängerin wirklich erschossen?« Heike trat vor Hansen.

»Jo.« Er nickte und kaute auf seinem Zigarrenstumpen.

»Wo ist Jan?«

»In der Polizeistation oder noch auf dem Weg dorthin. Er muss die Einsatzkräfte koordinieren und die Ermittlungen in die Wege leiten.«

»Kann ich irgendwie helfen?«

»Du kannst die Spacken vom Tatort fernhalten.« Der Hauptkommissar deutete auf die Umstehenden, die fast alle ihre Handys gezückt hatten. »Ich möchte verhindern, dass aus dem Mord ein Medienereignis gemacht wird.«

»Okay.« Heike ging mit erhobener Hand auf einen Gaffer zu.

Die nächsten beiden Stunden vergingen so schnell, als wäre sie in einen Zeitraffer geraten. Die Neugierigen wurden immer weniger und nach dem Abtransport der Leiche leerte sich die Kurpromenade. Den Fans war die Lust zum Feiern gehörig vergangen.

Hansen, der bereits die ersten Zeugen vernommen und sich deren Personalien notiert hatte, schlug ihr auf die Schulter. »Danke für deine Hilfe. Geh nach Hause und ruh dich etwas aus.«

»Ich denke nicht, dass ich mich jetzt entspannen kann.«

»Ein Glas Rotwein kann Wunder wirken.«

»Heute müsste es schon eine ganze Flasche sein.«

Heike verabschiedete sich und spazierte über die alte Strandmauer zu ihrem Haus in den Dünen. Nach dem Sonnenuntergang funkelten die Sterne an einem wolkenlosen Himmel und der Mond schüttete sein silberfarbenes Licht über der Insel aus. Ein leichter Wind strich über die Dünen und trug das Brandungsrauschen zu ihr. Borkum zeigte sich in dieser Sommernacht von seiner schönsten Seite.

Aber heute konnte Heike die Schönheit der Natur nicht genießen, denn in ihren Gedanken sah sie die Sängerin immer wieder tödlich getroffen zusammensinken, als würde die Erinnerung an diesen grauenvollen Moment wie eine Endlosschleife vor ihrem inneren Auge abgespult. Daheim angekommen, zog sich Heike die Schuhe aus und schenkte sich in der Küche ein Glas Rotwein ein. Damit schleppte sie sich zu dem geblümten Ohrensessel im Wohnzimmer und trank einen großen Schluck. Einige Minuten später legte sie eine Schallplatte von *Olde Düne* auf und lauschte der unnachahmlichen Stimme von Anke Burkard. Heike würde Musik niemals auf CD oder als Stream hören, denn für sie gehörte das leise Knistern einer Platte einfach dazu. Während sie die Melodie des ersten Liedes mitsummte, schwor sich Heike, die Polizei bei der Suche nach dem Mörder mit allen Mitteln zu unterstützen.

Möwennest

Borkum, August

»Was haben wir bisher?« Ragnar Hansen hakte am nächsten Morgen in der Borkumer Polizeistation die Daumen unter seine gelben Hosenträger, die sich über dem zerknitterten Hemd spannten, in dem er in der letzten Nacht geschlafen hatte – drei Stunden lang, mehr Ruhe hatte er sich nicht gegönnt.

»Achtundzwanzig Aussagen von Zeugen, die den Mord aus unmittelbarer Nähe gesehen haben.« Jan Jepsen, dessen Schreibtisch direkt gegenüber dem des Hauptkommissars stand, warf einen Blick in die Ermittlungsakte. »Leider haben bis auf drei Zuschauer alle auf die Sängerin geachtet, sodass wir nur wenige Täterbeschreibungen haben. Die meisten Fans haben nicht einmal den Schuss gehört.«

»Was ist mit dem Videomaterial? An diesem Abend müssen Tausende Fotos und Aufnahmen gemacht worden sein.« Der Hauptkommissar ließ die Hosenträger flippen und griff nach seinem Becher, auf dem ein Heringsschwarm abgebildet war. Dann trank er einen Schluck Kaffee und verzog das Gesicht. »Die Plörre schmeckt wie Spülwasser. Wann kochst du endlich richtigen Männerkaffee?«

»Wenn du damit die ölige Brühe meinst, nach deren Genuss die meisten Menschen an einem Herzinfarkt sterben würden, lautet die Antwort: Niemals.«

»Jungspunde wie du vertragen einfach nichts mehr. Wie soll mich das Zeug denn wachhalten?« Hansen kippte sich den restlichen Kaffee mit einem großen Schluck in den Rachen und stellte den Becher dann wieder ab.

»Mehrere Zuschauer haben uns bereits gestern Abend ihr Datenmaterial zur Verfügung gestellt, das wir noch durchsehen müssen«, ging der junge Polizist auf die ursprüngliche Frage ein.

»Was ist mit den Täterbeschreibungen?«

»Die variieren deutlich.« Jan nahm einen Computerausdruck aus der Akte. »Ein Zeuge beschreibt den Mörder als groß und stämmig, ein anderer als dünn wie ein Fahnenmast. Eine Frau will hingegen eine kleinere Gestalt gesehen haben. Übereinstimmung besteht nur in der schwarzen Kleidung.«

»Na toll, dann suchen wir also einen Schatten.« Der Hauptkommissar schob den Zigarrenstumpen von einem Mundwinkel in den anderen. »Warum hat denn niemand den Mistkerl aufgehalten? Jemand muss doch eine Waffe gesehen haben.«

»Nicht unbedingt«, wandte Jan ein. »Wenn der Mörder während der Tat in der ersten Reihe auf der oberen Strandpromenade gestanden und eine Pistole eng am Körper geführt hat, wird während des Konzertes niemand etwas bemerkt haben.«

»In dem Tumult nach dem Schuss konnte der Killer unbemerkt entkommen und hat die Insel wahrscheinlich längst verlassen.« Der Hauptkommissar fuhr sich durch die Haare.

»Durchaus möglich«, bestätigte Jan. »Zunächst sollten wir die Fans über Zeitungen und soziale Medien aufrufen, uns weitere Fotos und Videos zur Verfügung zu stellen. Wenn jemand vom Strand aus eine Aufnahme vom Publikum gemacht hat, werden wir den Täter mit etwas Glück entdecken. Nach der Obduktion können wir seinen Standort über den Einschusswinkel bestimmt eingrenzen.«

»Glück ist eine launische Diva. Ich halte mich lieber an gute alte Ermittlungsarbeit – und die besteht zunächst in der Sichtung aller Beweismittel. Dann wollen wir mal loslegen.« Hansen beugte sich vor.

»Was willst du jetzt machen?«

»Videos anschauen.« Der Hauptkommissar klickte eine der Dateien an, die er auf einer externen Festplatte gespeichert hatte, und blickte auf den Monitor. »Besteht die Band nicht aus vier Mitgliedern? Ich sehe im Pavillon nur drei Musiker.«

»Der Bassist konnte wegen eines gebrochenen Fingers nicht spielen. Ich gehe davon aus, dass die Bass-Spuren vom Band kamen. «

»Woher weißt du von seiner Verletzung?« Hansen sah auf.

»Bei dem Unfall waren wir auf einem Festival in der Krummhörn.«

»Wer ist … *wir*?« Er zog das Wort wie Kaugummi in die Länge.

»Heike und ich.« Der jüngere Polizist blickte einen Moment zu Boden, als wäre er bei etwas Verbotenem ertappt worden.

»Läuft da eigentlich was zwischen euch?«

»Ich wüsste nicht, was dich das angeht«, antwortete Jan schärfer als beabsichtigt.

»Da irrst du dich aber gewaltig, denn ich muss aufpassen, dass du in deinem Hormonrausch keine Dummheiten machst. Als ich in deinem Alter war, habe ich die ganze Nacht …«

»Das will ich gar nicht so genau wissen.« Jan hob die Hände, als wollte er ein fahrendes Auto anhalten. »Statt über meine Privatsachen zu reden, sollten wir uns lieber auf die Ermittlungen konzentrieren.«

»Ich wollte dir nur ein paar Tipps geben … wegen der Mädels«, fügte Hansen nach einem Moment augenzwinkernd hinzu, wurde dann aber wieder ernst. »Bist du sicher, dass der gebrochene Finger ein Unfall gewesen ist?«

»Ich verstehe nicht, was das mit dem Mord zu tun haben könnte.«

»Der Musiker könnte sich den Finger gebrochen haben, um an diesem Abend nicht auf der Bühne stehen zu müssen.«

»Ich kann dir nicht folgen.« Der junge Polizist legte die Stirn in Falten.

»Wenn der Bassist die Sängerin bei einem Konzert erschießen wollte, konnte er die Tat schließlich nicht auf der Bühne verüben.«

»Welchen Grund sollte er denn dafür haben?«

»Das herauszufinden ist unser Job. Während ich mir die Aufnahmen ansehe, wirst du dir diesen … wie heißt der Kerl eigentlich?«

»Stefan Saathoff.«

»… wirst du dich also um Saathoff kümmern. Auf der Suche nach dem Täter werden wir uns zunächst auf die Frage konzentrieren, wer vom Tod der Sängerin profitieren könnte.«

»Nach ihm werde ich mir auch die anderen Bandmitglieder vornehmen. Bekommen wir eigentlich Verstärkung vom Festland? Wir können die anfallenden Arbeiten auch ohne den Mord kaum erledigen.«

»Ich habe bereits Unterstützung angefordert, aber die Kollegen können frühestens in drei Wochen jemanden entbehren. Die Personaldecke wird immer mehr zu einem Flickenteppich, weil die Politiker das Geld lieber für sündhaft teure Gutachten und unsinnige Projekte rauswerfen, anstatt die Steuergelder in die innere Sicherheit zu investieren.«

»Das klingt nach Überstunden.« Jan suchte sich die Adresse des Bassisten heraus, der wie die anderen Mitglieder von *Olde Düne* auf Borkum lebte, und verabschiedete sich.

Der Hauptkommissar sah kurz auf und winkte ihm zu. Dann richtete er seinen Blick wieder auf den Videoclip, der eine erstaunlich gute Qualität hatte und die Sängerin in

Großaufnahme zeigte. Zwei Stunden später rieb er sich über die Augen. Auch wenn Hansen dringend eine Pause brauchte, zwang er sich zum Weitermachen, schließlich hatte er einen spektakulären Mord aufzuklären. Glücklicherweise kümmerte sich die Pressestelle der Polizeiinspektion Leer/Emden um die Anfragen von auswärtigen Journalisten, sodass er sich nur mit den Reportern auf der Insel rumschlagen musste.

Er startete das nächste Video und beugte sich so weit vor, dass seine Nase nur noch eine Handbreit vom Bildschirm entfernt war. Als er einen schwarzen Fleck bemerkte, der von links nach rechts durch die Aufnahme wanderte, stoppte er das Video und vergrößerte das Objekt, das rechts oben im Bild verharrte.

Im ersten Moment konnte Hansen nichts damit anfangen, aber dann klatschte er in die Hände, als wollte er sich selbst applaudieren. Bei dem Ding schien es sich um eine Drohne zu handeln, mit der ein Fan das Konzert gefilmt hatte – obwohl der private Gebrauch eines solchen Flugobjektes auf Borkum strikt untersagt war.

Falls die Drohne über die Menge geflogen war, konnte sie dabei auch den Täter gefilmt haben. Auch wenn die Wahrscheinlichkeit dafür nur minimal war, würde er alles unternehmen, um den Besitzer des Flugobjektes ausfindig zu machen. Hansen kopierte das Standbild und schickte es in der Hoffnung an die IT-Experten, dass diese ein bestimmtes Modell erkennen würden, anhand dessen man die Lieferwege und mögliche Käufer ausfindig machen konnte. Parallel würde er natürlich auch einen Aufruf mit der Bitte starten, dass sich der Drohnenbesitzer bei der Polizei melden sollte. Er hatte die Mail mit dem Anhang gerade versendet, als eine elegant gekleidete Frau, die er auf Mitte dreißig schätzte, die Polizeistation betrat.

Sie trug ein dunkelblaues Kleid, das ihre zierliche Figur sanft umschmeichelte. Die Füße steckten in schwarzen Pumps, mit denen man sich über poliertes Parkett oder Marmorböden und nicht über versandete Dünenpfade fortbewegen konnte. Die rotblonden Haare hatte sie zu einer Hochsteckfrisur frisiert.

»Können Sie mir sagen, wo ich den ermittelnden Beamten im Mordfall Anke Burkard finde?«

»Warum wollen Sie das denn wissen?« Der Hauptkommissar stand auf und schlurfte ihr in seinen Clogs entgegen.

»Mein Name ist Silke Kunzmann. Ich bin die Stiefschwester der ermordeten Sängerin.«

»Dann bin ich Ihr Ansprechpartner.« Sie musterte ihn einen Moment lang mit versteinerter Miene. Anscheinend war er für sie so attraktiv wie eine Kuh in gelben Gummistiefeln. Er rückte einen Hosenträger gerade und stopfte einen herausgerutschten Hemdzipfel in die Hose zurück.

»Ich bin Hauptkommissar Hansen. Mein Beileid zum Tod Ihrer Schwester.«

»Danke. Haben Sie den Mörder bereits gefasst?«

»Wir stehen noch ganz am Anfang unserer Ermittlungen.«

»Mit anderen Worten: Sie haben keine Ahnung, wer der Killer sein könnte.« In ihrer Stimme lag ein tadelnder Tonfall, als wäre er ein Schüler, der eine einfache Aufgabe nicht lösen konnte.

»Zum jetzigen Zeitpunkt kann ich …«

»Verschonen Sie mich mit Ihren inhaltslosen Phrasen. Ich will, dass der Mörder für den Rest seines Lebens im Gefängnis verrottet, ist das klar?«

»Die Höhe des Strafmaßes wird in einem Gerichtsverfahren festgelegt. Kennen Sie jemanden, der Ihre Schwester töten würde?«

»Ihr Ex. Sören hat Anke schon nach der Trennung bedroht.« Kunzmann stemmte die Hände in die Seiten und blickte ihn herausfordernd an.

»Das ist lange her.«

»Na und? Er könnte zurück sein.«

Hansen, der sich noch gut an die letzte Begegnung mit Sören Burkard vor zwei Jahren erinnerte, nickte.

»Ich werde das überprüfen. Setzen Sie sich bitte.« Er deutete auf einen neben seinem Schreibtisch stehenden grauen Plastikstuhl. Obwohl sich der Hauptkommissar nichts anmerken ließ, brodelte es in seinem Innern wie ein Vulkan kurz vor der Eruption. Dieser arroganten Schnepfe würde er erst einmal gehörig die Federn rupfen.

»Ich muss mich um meinen Neffen kümmern.« Sie wandte sich zum Gehen.

»Dauert auch nicht lange.«

»Wie gesagt, ich muss mich …«

»Schiet ok, jetzt reicht es mir aber. Setzen!«, schrie er Silke Kunzmann an.

Die Schwester der Ermordeten zuckte zusammen, als wären seine Worte Peitschenhiebe gewesen. Dann trottete sie zum Stuhl und ließ sich vorsichtig darauf nieder.

»Geht doch«, grummelte Hansen und setzte sich ebenfalls.

»Wo waren Sie gestern Abend?« Er ließ Silke Kunzmann bei dieser Frage nicht aus den Augen. Als erfahrener Ermittler wusste er, dass sich Verdächtige oft nicht durch Worte, sondern durch unbewusste Gesten wie das Zucken eines Mundwinkels verrieten.

»In Hamburg. Ich bin leitende Hausdame im Hotel *Hansekönig*.« Ihr Gesicht war vollkommen reglos.

»Ist das etwa der Luxusschuppen an der Binnenalster?« Hansen schob die Zigarre in seinen linken Mundwinkel, während er überlegte, dass diese Tätigkeit sowohl ihre Kleidung als auch das forsche Auftreten erklärte – als

Vorgesetzte des Hauspersonals bestimmte sie schließlich die Marschroute ihrer Untergebenen.

»In unserem Haus kümmern wir uns um das Wohlergehen der Gäste«, erklärte sie salbungsvoll. »Dabei bemühen wir uns um einen bestmöglichen Service und bieten den Reisenden eine komfortable …«

»Das reicht!«, unterbrach sie der Hauptkommissar unwirsch. »Kann jemand Ihre Anwesenheit bezeugen?«

»Werde ich etwa verdächtigt?« Ihre Stimme kippte am Ende leicht über, als hätte er von ihr verlangt, nackt im Musikpavillon zu tanzen.

»Reine Routinefrage«, winkte Hansen ab und wedelte mit der rechten Hand.

»Ein … Bekannter.« Sie zögerte etwas.

»Haben Sie auch einen Namen für mich?«

»Ich wüsste nicht, was das mit Ankes Tod zu tun hat.«

»Wenn ich Sie als Täterin ausschließen soll, brauche ich ein Alibi.«

»Warum sollte ich meine kleine Schwester umbringen?«

»Keine Ahnung. Sagen Sie es mir.« Der Hauptkommissar musterte Kunzmann weiterhin mit abschätzendem Blick.

»Ich. Habe. Meine. Schwester. Nicht. Getötet.« Bei jedem Wort zuckte ihr linker Zeigefinger vor wie eine angreifende Schlange.

»Schön, dass wir das geklärt hätten. Würden Sie mir jetzt bitte einen Namen nennen?«

»Ralf Tormann.«

Nachdem sich Hansen die Personalien des angeblichen Zeugen notiert hatte, fragte er in etwas ruhigerem Ton: »Wie lange werden Sie auf Borkum bleiben?«

»Das kann ich Ihnen noch nicht sagen. Nach Kalles Anruf habe ich meinen Aufgabenbereich direkt an meine Stellvertreterin übergeben und bin in der Früh sofort zum Emder Hafen gefahren. Glücklicherweise kann ich mich auf

Marlies blind verlassen. Sie ist eine tolle Frau, die es noch weit bringen wird.«

»Wer ist Kalle?«

»Der Gitarrist von *Olde Düne*. Die Jungs sind vollkommen fertig. Auch ich …« Sie verstummte und senkte den Kopf. Innerhalb weniger Sekunden verwandelte sich die herrische Hausdame in eine trauernde Schwester. Demnach war ihr Auftritt nur eine Fassade gewesen, hinter der sie ihre wahren Gefühle versteckte.

»In welchem Hotel sind Sie denn abgestiegen?«

»Im *Möwennest*. Das ist in der Nähe des Neuen Leuchtturms.«

»Das ist mir bekannt. Bitte halten Sie sich zu unserer weiteren Verfügung.«

»Natürlich.« Silke Kunzmann stand auf und schritt zur Tür. Dort blieb sie stehen und drehte sich um. »Ich wollte Sie vorhin nicht kritisieren. Nach Ankes Tod ist alles irgendwie aus den Fugen geraten.«

»Schon gut.« Der Hauptkommissar nickte verständnisvoll. Wenige Minuten später hatte er mit Ralf Tormann telefoniert, der am gestrigen Abend mit Silke zusammen gewesen war und auch die Nacht mit ihr verbracht hatte.

Gedankenverloren legte Hansen den Hörer vor sich auf den Schreibtisch. Wenn Ankes Ex-Mann wieder auf der Insel war, hatte das Unglück, das der Hauptkommissar nach der Trennung der Eheleute unbedingt vermeiden wollte, vielleicht doch noch seinen verhängnisvollen Lauf genommen.

Gesprächsbedarf

Borkum, August

Jan Jepsen hatte den Bassisten von *Olde Düne* in der Wohnung der Ermordeten, in der er mit ihr zusammenlebte, angetroffen. Nun saß er ihm am Esstisch in der Küche gegenüber, die so klein war, dass man sich darin kaum bewegen konnte. Neben den beiden Stühlen, die an zwei Tischseiten standen, gab es ein bunt bemaltes Sitzmöbel an der Stirnseite, auf dem ein Kissen in Form eines Seehundes lag, auf dem Mattes normalerweise Platz nahm. Von der Lehne bis zur Spüle, in der sich das Geschirr stapelte, war ein Zwischenraum von nur fünfzig Zentimetern. Der Kühlschrank war mit Magneten, Kinderzeichnungen und Fotos vollgepflastert. Auf dem Boden lagen Legosteine und eine Puppe, der ein Arm fehlte.

»Wo ist Mattes?« Jan deutete mit einem Kopfnicken auf den freien Platz.

»Bei einer Nachbarin.« Stefan fuhr sich mit einer fahrigen Bewegung durch das Gesicht.

»Wie hat er den Tod seiner Mutter aufgenommen?«

»Er hat es noch nicht begriffen. Für ihn ist Mama im Urlaub und kommt bald zurück. Mir graut vor dem Moment, in dem er die Endgültigkeit des Todes erkennt.«

»Konnten Sie wegen Ihrer Verletzung gestern nicht spielen?«

»Wegen des Fingers?«, hakte der Musiker überflüssigerweise nach und Jan nickte.

»Ich kann damit noch nicht wieder richtig greifen. Hoffentlich bleibt er später nicht steif. Kalle ist so ein Arschloch. Würde mich nicht wundern, wenn er bei Ankes Ermordung die Strippen gezogen hat.«

»Wieso das denn?« Jan beugte sich vor.

»Weil Anke den Vertrag nicht unterzeichnen wollte.«

»Welchen Vertrag?«

Stefan erzählte ihm von den Vertragsklauseln, die die Ermordete keinesfalls akzeptieren wollte.

»Demnach wollten Gitarrist und Schlagzeuger Anke also aus ihrer eigenen Band werfen und eine andere Sängerin engagieren?«, fragte der Polizist erstaunt.

»Yep. Ich hätte den Vertrag auch unterschrieben, aber nur unter der Bedingung, dass Anke Teil von *Olde Düne* bleibt. Ohne sie hat die Band keine Zukunft.«

»Demnach werden Sie sich nicht auf die Suche nach einer neuen Sängerin machen?«

»Die Band ist mir momentan sowas von egal. Sollte Kalle hinter dem Mord stehen, werde ich ihn eigenhändig im Watt eingraben und auf die nächste Flut warten.« Stefan ballte die rechte Hand zur Faust und schlug sich damit in die linke Handfläche.

»Keine Selbstjustiz.« Jan hob warnend den Zeigefinger. »Wo waren Sie denn zur Tatzeit?«

»Im Publikum. Ich habe meine Freundin sterben sehen.« Der Bassist stützte die Ellenbogen auf den Tisch und verbarg den Kopf in den Händen. Nach einem Moment sah er wieder auf. »Sie müssen das Schwein finden, versprechen Sie mir das?«

»Wir werden jede Spur verfolgen«, wich der Polizist einer Antwort aus. »Gab es in der letzten Zeit Meinungsverschiedenheiten zwischen Ihnen und Anke?«

»Halten Sie mich etwa für einen Mörder?« Stefan schob seinen Stuhl bis zur Wand zurück, als wollte er auf diese Weise einen größtmöglichen Abstand zwischen sich und den Ordnungshüter bringen.

»Reine Routinefrage«, beschwichtigte Jan und hob die Hände. »Zur Aufklärung des Falls kann jede Kleinigkeit wichtig sein.«

»Ich habe Anke geliebt und hätte ihr niemals etwas angetan.«

»Was ist mit dem Kindsvater? Hatte sie noch Kontakt zu ihm?«

Stefan atmete tief ein und ließ die Luft dann langsam entweichen. »Nach jahrelanger Funkstille hat sich der Mistkerl vor zwei Wochen wieder bei ihr gemeldet.«

»Was wollte er?«

»Seine Familie.« Der Bassist lachte freudlos auf und stützte die Hände auf die Oberschenkel. »Der Vollpfosten scheint tatsächlich zu glauben, dass Anke mit Mattes wieder zu ihm zurückkehrt und einen auf heile Familie macht.«

»Wissen Sie, wo ich ihn finden kann?«

»Er müsste irgendwo auf Borkum sein. Ich habe aber keine Ahnung, in welchem Loch er sich verkrochen hat.«

»Was passiert denn jetzt mit Mattes?«, wechselte der Polizist das Thema.

»Ich werde das Sorgerecht für den Kleinen beantragen, das ist doch klar.«

»Sollte der leibliche Vater das ebenfalls vorhaben, könnte der Fall vor einem Familiengericht landen.«

»Ich werde dafür sorgen, dass Sören seinem Jungen nie wieder zu nahe kommt.« Die Worte klangen wie das gefährliche Knurren eines Bluthundes.

»Machen Sie keine Dummheiten.« Jan erhob sich. »Danke für Ihre Zeit. Sollte ich weitere Fragen haben …«

»… wissen Sie ja, wo Sie mich finden können. Ich werde Borkum vorläufig nicht verlassen.«

»Gut zu wissen. Bleiben Sie sitzen, ich finde alleine raus.«

Jan durchquerte einen unaufgeräumten Flur und schlenderte wenige Minuten später über die Strandpromenade. Der Schlafmangel und die Ereignisse der letzten Stunden forderten ihren Tribut. Eine frische Brise würde seinen Lebensgeistern sicher wieder neuen Atem einhauchen. Die

Kurkonzerte im Musikpavillon waren aus Pietätsgründen für zunächst eine Woche abgesagt worden. Fans und Urlauber hatten Blumen, Fotos und handgeschriebene Beileidsbekundungen vor dem Gebäude abgelegt.

Einige von ihnen wischten sich dabei Tränen aus den Augen, andere redeten leise miteinander, als wollten sie Ankes Totenruhe nicht stören. Das touristische Herz der Insel schlug an diesem Tag nicht.

Jan blieb vor dem Musikpavillon stehen und rief sich noch einmal den gestrigen Abend in Erinnerung. Vor seinem inneren Auge sah er die ausgelassene Menge, die jedes Lied von *Olde Düne* abfeierte, bis ein skrupelloser Killer die Stimme der Sängerin für immer zum Verstummen gebracht und einem Kind die Mutter genommen hatte.

»Ich werde den Mörder finden«, versprach er sich selbst und setzte seinen Weg fort.

In der Polizeistation war es erstaunlich ruhig. Als der Beamte das Büro betrat, konnte er sich trotz der angespannten Situation ein Grinsen nicht verkneifen.

Hansen hatte die Füße – die in weiß-blauen Ringelsocken steckten – auf den Schreibtisch gelegt und schlief mit über dem Bauch gefalteten Händen. Der Zigarrenstumpen hing wie festgetackert in seinem rechten Mundwinkel. Ein Speichelfaden lief über sein Kinn, der Brustkorb hob und senkte sich in gleichmäßigen Atemzügen.

Jan zückte sein Smartphone und machte eine Aufnahme vom schlafenden Hauptkommissar. Nachdem er das Gerät wieder eingesteckt hatte, trat er zu seinem Kollegen und legte ihm die Hand auf die Schulter.

»Aufwachen, alter Mann.«

»Ik schiet di wat mit alter Mann«, grummelte Hansen und wischte sich über die Augen. »Ich habe nur ein kurzes Nickerchen gemacht, um meinen Akku wieder aufzuladen.«

»Dann hast du sicherlich nichts dagegen, wenn ich mich jetzt auch eine Weile hinlege.«

»Nichts da, wir haben einen Fall zu bearbeiten.« Der Hauptkommissar nahm die Füße vom Schreibtisch, steckte sie in die unter dem Tisch stehenden Clogs und schlurfte damit zur Küche. »Ich mache uns erst einmal einen richtigen Kaffee. Deine Brühe ist ein Schlummertrunk und kein Wachmacher.«

Während sein Vorgesetzter einen Kaffee der Marke *Herztod* zubereitete, ging Jan seine Mails in der Hoffnung durch, darin einen wichtigen Hinweis zur Aufklärung des Falls zu finden – aber vergeblich.

»Hast du bei den Videos etwas Auffälliges entdecken können?«, wollte er von Hansen wissen, als dieser mit einem gefüllten Kaffeebecher ins Büro zurückkam.

»In einer Aufnahme habe ich eine Drohne entdeckt. Wahrscheinlich hat ein Fan das Konzert damit verbotenerweise gefilmt. Ich habe bereits die Presseabteilung in Leer/Emden informiert, die einen Aufruf verfassen wollte. Hoffentlich meldet sich der Besitzer, wenn die Polizei in der Öffentlichkeit um seine Mithilfe bittet. Ansonsten habe ich viele Konzertaufnahmen gesehen und mir den Tod der Sängerin wieder und wieder angucken müssen, ohne eine Spur zu finden. Die Schwester von Anke Burkard war übrigens hier.«

»Ich wusste gar nicht, dass die Sängerin überhaupt eine Schwester hat. Kann mich auch nicht daran erinnern, dass Heike einmal davon gesprochen hat.«

»Stiefschwester, um genau zu sein. Sie ist eine von diesen aufgetakelten Großstadttussis, die sich für etwas Besseres halten. Ihrer Aussage nach wollte sie sich um ihren Neffen kümmern.«

»Damit hat der Junge dann drei Erwachsene, die für ihn sorgen wollen. Den Lebensgefährten der Mutter, den leiblichen Vater und nun auch noch die Stiefschwester.« Jan reckte bei jeder Person einen Finger in die Höhe. »Meines Erachtens sollten wir uns zunächst den Gitarristen vornehmen, denn er wollte Anke offenkundig aus der Band werfen.«

»Der Kerl war schon immer ein Bagalut.« Der Hauptkommissar drückte die Daumen unter die Hosenträger.

»Wie meinst du das denn?« Jan sah ihn mit großen Augen an.

»Kalle habe ich an seinem sechzehnten Geburtstag zum ersten Mal festgenommen, weil er mit seinem Kumpel eine Kiste Bier geklaut hatte. Danach war er immer mal wieder in Kneipenschlägereien verwickelt und soll auch Dope verkauft haben, aber das konnte ich ihm nie nachweisen. Er hielt sich schon in seiner Jugend für einen Rockstar und hat sich auch entsprechend benommen.«

»Würde er für seine Karriere über Leichen gehen?«

»Willst du damit andeuten, dass er einen Killer auf Anke angesetzt hat?« Hansen runzelte die Stirn.

»Wäre doch möglich, oder?«

»Auch wenn Kalle bisher nur wegen Bagatelldelikten aufgefallen ist, könnte er Kontakte zu Kriminellen haben.« Der Hauptkommissar ließ die Hosenträger flippen, stand auf und zog sich seinen Friesennerz über.

Wenige Minuten später radelten die Polizisten zur Specksniederstrate, wo der Gitarrist in einer kleinen Dachgeschosswohnung hauste. Während Hansen auf einem E-Bike radelte, strampelte Jan auf seinem Drahtesel, den er sich gebraucht gekauft hatte. Vor dem Haus stellten die Polizisten ihre Räder ab und klingelten bei *Neuber*.

Als sich daraufhin nichts rührte, drückte der Hauptkommissar im Stakkato auf den abgewetzten Messingknopf neben dem krakelig geschriebenen Namen.

»Willst du die ganze Insel aufwecken?«

»Für die Aufklärung des Falles würde ich ganz Ostfriesland aus den Federn holen und … da ist er ja schon. Moin Kalle«, begrüßte er den Musiker, der ihnen, barfuß und nur mit einer grauen Jogginghose bekleidet, die Tür öffnete.

»Das ist voll der Psychoterror«, beschwerte er sich. »Was wollt ihr denn von mir?«

»Wir möchten mit dir über den Tod von Anke Burkard reden. Können wir reinkommen?« Ohne eine Antwort abzuwarten, quetschte sich Hansen an dem Gitarristen vorbei. Jan folgte ihm in einen Hausflur, in dem es so muffig roch, als wäre das Gebäude seit Jahren nicht gelüftet worden. Eine schmale Holztreppe führte in das obere Stockwerk.

»Nach dir.« Hansen deutete mit einer einladenden Handbewegung nach oben und folgte dem Gitarristen in seine Wohnung.

Jan, der den beiden über die knarzenden Stufen nachgegangen war, schloss die Wohnungstür hinter sich und rümpfte die Nase. In der Behausung stank es wie in einer Kneipe nach kaltem Zigarettenrauch und Bier. In dem etwa dreißig Quadratmeter großen Raum befand sich an der Stirnseite eine Küchenzeile, vor der ein Esstisch mit vier Stühlen stand. An der linken Seite war ein ungemachtes Bett, die gegenüberliegende Wand wurde von einem leicht schiefstehenden Schrank dominiert, der jeden Moment in sich zusammenzufallen drohte.

An den Wänden hingen Poster von Gitarristen, die sich in engen Lederhosen und mit wilden Mähnen präsentierten. Auf dem Boden lagen Kleidungsstücke, leere Flaschen und zerfledderte Zeitschriften, auf denen nackte Frauen zu sehen waren. Neben dem Bett lehnte eine Gitarre.

»Was wollt ihr von mir?« Kalle ließ sich auf einen der Stühle fallen, ohne den Polizisten eine Sitzgelegenheit anzubieten. Hansen ignorierte diese Unhöflichkeit und setzte sich ungefragt neben ihn. Jan räumte zwei Pizzakartons von einem der beiden anderen Stühle und nahm ebenfalls Platz.

»Wie du dir sicher denken kannst, haben wir einige Fragen zum Tod eurer Sängerin.« Hansen schob seine Zigarrenstumpen in den linken Mundwinkel.

»Ich habe Anke nicht umgebracht. War es das?« Kalle reckte trotzig das Kinn vor.

»Das ist uns klar, schließlich hast du auf der Bühne gestanden. Du könntest aber jemanden mit dem Mord beauftragt haben.«

»Habt ihr einen Sprung in der Schüssel?« Der Gitarrist schüttelte energisch den Kopf.

»Das ist Beamtenbeleidigung. Achten Sie bitte auf Ihre Wortwahl«, wies ihn Jan zurecht.

Kalle musterte den jungen Polizisten aus zusammengekniffenen Augen. Statt die Bemerkung mit einem dummen Spruch zu kommentieren, fragte er: »Warum sollte ich Anke töten wollen?«

»Weil sie den Vertrag nicht unterschreiben wollte.« Jan beugte sich vor.

»Woher wisst ihr Clowns denn davon?«

»Wir wissen alles.« Der Hauptkommissar klopfte mit dem Zeigefinger der rechten Hand auf den Tisch. »Hat Anke deiner Karriere im Weg gestanden?«

»Niemand kann das. Eines Tages werde ich die Stadien dieser Welt füllen.«

»Dein Ego war schon immer größer als dein Talent«, merkte Hansen süffisant an, bevor er fortfuhr: »Demnach ist Anke also nicht gestorben, damit *Olde Düne* eine neue Sängerin in die Band holen kann?«

»Das ist doch Bullshit. Wir hätten sie jederzeit aus der Band werfen können.«

»Saathoff hätte dem Rauswurf nicht zugestimmt«, wandte Jan ein.

»Der Kerl hat doch längst keine eigene Meinung mehr, weil er Anke wie ein Papagei alles nachgeplappert hat. Zudem ist er ein musikalischer Stümper.«

»Wie geht es deiner Meinung nach denn jetzt mit der Band weiter?«

»Wir werden uns nach einer neuen Sängerin umsehen und den Vertrag dann unterschreiben, das ist doch klar. Bernd ist da voll auf meiner Wellenlänge.«

»Bernd?« Der junge Polizist hob die Brauen.

»Bernhard Zeller, das ist unser Schlagzeuger«, klärte ihn der Gitarrist auf. »Sollte Stefan damit nicht einverstanden sein, kann er sich verpissen.«

»Hast du denn eine Idee, wer Anke umbringen wollte?« Hansen legte die ineinandergefalteten Hände auf den Tisch.

»Nee, echt nicht. Nervige Weiber kann man auch auf andere Weise zum Schweigen bringen.« Kalle lachte dreckig.

»Hatte Anke Feinde außerhalb der Band?«, hakte Jan nach.

»In den letzten Tagen hatte sie wieder Stress mit ihrem Ex. Mehr kann ich dazu nicht sagen. War es das jetzt?« Ohne eine Antwort abzuwarten, stand Kalle demonstrativ auf und schritt zur Wohnungstür.

Die Polizisten erhoben sich von ihren Plätzen und folgten ihm.

»Halte dich zu unserer weiteren …«

»… Verfügung. Ich kenne den Spruch.« Bei dieser Bemerkung grinste er den Hauptkommissar herausfordernd an.

»Schön, dass wir beide uns so gut verstehen.« Hansen ließ sich nicht provozieren, sondern klopfte ihm wie einem alten Freund auf die Schulter und verließ mit seinem Partner das Haus.

»Was denkst du?«, wollte Jan wissen, als sie wieder auf der Straße standen.

»Kalle verschweigt uns etwas.« Der Hauptkommissar vergrub die Hände in seinen Hosentaschen. »Dennoch gehe ich nicht davon aus, dass er etwas mit dem Mord zu tun hat. Er hätte Anke in einem Wutanfall vielleicht eine gescheuert, aber keinen Killer auf sie angesetzt. Trotzdem werden wir ihn natürlich im Auge behalten. Ich werde mir jetzt den Ex von Anke mal vornehmen.«

»Allein? Sollten wir das nicht besser zusammen machen?«

»Ich möchte die Polizeistation in der jetzigen Situation nicht so lange unbesetzt lassen. Zudem kenne ich Sören noch von früher.«

»Weißt du denn, wo er sich zurzeit aufhält?«

»Jo. Er ist in der *Schatzkiste* abgestiegen. Das ist eine kleine Pension in der Nähe des Südstrandes.«

»Woher hast du diese Information?«

»Von seiner früheren Vermieterin. Auf Borkum kann niemand unerkannt untertauchen.« Hansen grinste schief.

»Könnte er Anke auf dem Gewissen haben, weil sie jetzt mit einem anderen Mann zusammenlebt?«, mutmaßte Jan.

»An seiner Stelle hätte ich nicht meine Frau, sondern den Nebenbuhler erschossen.«

»Wenn sie nichts mehr von ihm wissen wollte, hätte er sie umbringen können nach dem Motto: Wenn ich Anke nicht haben kann, soll niemand mit ihr glücklich werden.«

»Damit hätte er seinem eigenen Sohn die Mutter genommen. Welcher Vater tut so etwas?«

»Ein verzweifelter Mann ist zu allem fähig.«

»Du sprichst hoffentlich nicht aus Erfahrung.« Hansen ging zu seinem Fahrrad. »Wir sehen uns später.«

Jan sah ihm nach und radelte dann mit dem *Rostesel*, wie er seinen fahrbaren Untersatz getauft hatte, zur Polizeistation.

Neubeginn

Borkum, August

»Moin Ragnar.« Sören Burkard begrüßte den Hauptkommissar vor der Pension, als hätte er ihn erwartet. »Lange nicht gesehen.«

»Jo.« Hansen nickte und lehnte seinen modernen Drahtesel an die Hausmauer, wobei er den ehemaligen Insulaner aus den Augenwinkeln musterte. Seine Hautfarbe erinnerte ihn an kalte Asche, er hatte dunkle Ringe unter den Augen. Die Haare hingen strähnig in der Stirn. Bartstoppeln bedeckten den unteren Teil seines Gesichtes.

»Wie geht es dir?« Der Beamte trat vor den Ingenieur.

»Beschissen. Was hast du nach Ankes Tod erwartet?« Sören strich sich eine Haarsträhne zurück. »Zu allem Überfluss lässt mich der Mistkerl nicht einmal zu meinem Sohn. Dabei braucht Mattes seinen Vater jetzt mehr als jemals zuvor.«

»Warst du etwa bei Stefan?« Der Hauptkommissar sah ihn mit großen Augen an.

»Ich komme gerade von ihm. Er hat mir die Tür vor der Nase zugeknallt und mir mit der Polizei gedroht, sollte ich auch nur in die Nähe meines Sohnes kommen.«

»Momentan solltest du dich von deinem Jungen besser fernhalten.«

»Warum das denn? Er ist mein Sohn!«, schrie der Ingenieur Hansen an.

»Kein Grund, gleich laut zu werden.« Der Polizist hob beschwichtigend die Hand. »Bis zur Klärung des Sorgerechts solltest du den Ball besser flach halten. Können wir uns in deinem Zimmer unterhalten?«

»Ich wüsste nicht, worüber wir beide zu reden hätten.«

»Wir müssen über Anke sprechen.«

Sören sah ihn einen Moment lang aus geröteten Augen an. »Bist du zum Kondolieren gekommen oder suchst du mich im Rahmen deiner Ermittlungen auf?«

»Lass uns unter vier Augen reden«, wich der Hauptkommissar einer Antwort aus.

Der Ingenieur musterte sein Gegenüber argwöhnisch. Dann drehte er sich um und schlurfte wie ein alter Mann in die Pension. Dort schloss er die Zimmertür hinter Hansen, der sich im Raum umsah. Die Wände waren mit Brettern verschalt, deren ursprünglich dunkelbraune Farbe trotz des weißen Anstrichs durchschimmerte. Die Möbel wirkten wie aus einem Werbeprospekt der siebziger Jahre. Inzwischen waren sie allerdings mit einigen Schrammen und abgestoßenen Ecken verziert. Auf einem zerwühlten Laken lag geblümte Bettwäsche, die an den Rändern verschlissen war. An der rechten Wand hing das vergilbte Foto eines Segelbootes, in einer Zimmerecke stand ein verschrammter Tisch mit zwei Stühlen, die nicht sehr vertrauenserweckend wirkten.

»Ist nicht gerade eine Luxusbude, aber etwas anderes habe ich auf die Schnelle nicht gefunden. Ist schließlich Hauptsaison.« Sören setzte sich auf die Bettkante und blickte den mitten im Raum stehenden Hauptkommissar fragend an. »Was willst du von mir?«

»Wo warst du gestern Abend?«

»Denkst du ernsthaft, dass ich Anke umgebracht haben könnte?«

»Das war keine Antwort auf meine Frage.« Hansen ließ ihn nicht aus den Augen.

»Ich war bei dem Konzert. Aber das hast du dir sicherlich schon gedacht.«

»Jo.«

»Du weißt, dass ich Anke geliebt habe. Ich hätte ihr niemals etwas antun können.«

»Darf ich dich daran erinnern, dass sie dich vor der Scheidung wegen Körperverletzung angezeigt hat?«

»Mir ist gelegentlich die Hand ausgerutscht, das war aber keine große Sache. Dennoch bin ich natürlich nicht stolz darauf. Nach meiner Kündigung war ich damals neben der Spur und habe gesoffen wie ein Loch. Inzwischen bin ich trocken und habe mein Leben wieder im Griff.«

»Das freut mich zu hören.« Hansen nickte bestätigend, bevor er fragte: »Warum bist du nach Borkum zurückgekehrt?«

»Weil ich mit meiner Familie nach zwei Jahren im Sudan einen Neuanfang wagen wollte.«

»Was hast du eigentlich in Afrika gemacht?«

»Ich war bei einer Firma, die dort Wasseraufbereitungsanlagen gebaut hat. Aber du bist bestimmt nicht hier, um mit mir über die Vergangenheit zu plaudern.«

»Das ist richtig. Hast du nach deiner Rückkehr Kontakt zu Anke aufgenommen?«

»Yep. Wir haben uns schon vorher Mails geschrieben und miteinander telefoniert. Vor drei Tagen haben wir uns am *Café Seeblick* getroffen und einen Strandspaziergang gemacht. Sie wollte mir eine zweite Chance geben. Nach ihrem Tod wird mir niemand meinen Sohn wegnehmen, hast du das verstanden?« Sören ballte die Hände zu Fäusten.

»Beruhige dich.« Hansen machte einen Schritt auf ihn zu.

»Ich soll mich beruhigen?«, ereiferte sich der Ingenieur. »An deiner Stelle würde ich den Nichtsnutz von Musiker durch die Mangel drehen. Er wird Anke umgebracht haben, weil sie zu mir zurückkehren wollte.«

»Hast du Beweise für deine Behauptung?«

»Ich habe einige Mails.« Der Ingenieur stand auf, nahm einen Laptop vom Nachttisch und klappte ihn auf. Kurz darauf deutete er auf sechs Nachrichten, die er in seinem Posteingangskorb gespeichert hatte.

Der Hauptkommissar ließ sich vorsichtig auf einen der Stühle nieder, stellte das Gerät vor sich auf den Tisch und las sich die Mails durch, nach denen Anke wieder mit Sören zusammenleben wollte. Aus der letzten Nachricht, die sie ihm eine Stunde vor dem gestrigen Auftritt geschickt hatte, ging hervor, dass sie die Beziehung zu Stefan nach dem Konzert beenden und wieder mit Sören zusammenleben wollte.

Hatte der Bassist seine Lebensgefährtin erschossen, weil sie ihn verlassen wollte? Wusste er schon länger von ihren Überlegungen? Hatte er seine Verletzung doch selbst herbeigeführt, um am gestrigen Abend nicht auf der Bühne stehen zu müssen?

Die Überlegungen des Hauptkommissars drehten sich im Kreis, denn der Grund für den Mord war bei beiden Männern derselbe: Eifersucht.

Die Mails sprachen allerdings für Sörens Version.

»Glaubst du mir jetzt?« Der Ingenieur trat neben ihn.

»Bei den Ermittlungen halte ich mich ausschließlich an Beweise.« Hansen marschierte zur Tür. Dort drehte er sich noch einmal um. »Bleibst du länger auf Borkum?«

»Ich werde mir auf der Insel einen neuen Job und eine Wohnung suchen, in der ich mit Mattes leben kann. Hier bin ich aufgewachsen, Borkum ist meine Heimat. Das hat sogar Silke eingesehen.«

»Silke Kunzmann? Ankes Stiefschwester?« Hansen sah ihn überrascht an.

»Sie war vor etwa einer Stunde hier, weil Stefan ihr den Zugang zu Mattes ebenfalls verweigert hatte. Seiner Meinung nach ist sie kein guter Umgang für den Jungen. Ihr müsst sofort etwas gegen diesen Wahnsinnigen unternehmen.«

»Ich kümmere mich darum. Mach in der Zeit keinen Blödsinn, hörst du?«

»Ich habe in der Vergangenheit echt Scheiße gebaut, aber das ist jetzt vorbei. In Afrika hatte ich viel Zeit zum Nachdenken und habe mich geändert. Anke hat das kapiert und war bereit für einen Neuanfang. Stefan hat sie deswegen getötet und will mir jetzt auch noch meinen Sohn wegnehmen. Du musst ihn verhaften.«

»Sollte ich Beweise für seine Schuld finden, werde ich ihn unverzüglich festnehmen. Halte dich von ihm fern, hast du das verstanden?«

»Ich will nur zu meinem Jungen.« Sören baute sich vor dem Polizisten auf.

»Das verstehe ich. Solltest du allerdings wieder Mist bauen, wirst du das Sorgerecht für Mattes sicherlich nicht bekommen. Lass mich meinen Job machen, okay?«

Der Ingenieur nickte. »Du hast mich noch nie hängen lassen.«

»Das werde ich auch jetzt nicht.« Der Hauptkommissar verabschiedete sich und radelte zur Polizeistation. Dort traf er auf Ankes Stiefschwester, die sich auf Jepsens Schreibtisch stützte.

»Wieso können Sie da nichts machen? Dieser Mann hat meinen Neffen in seiner Gewalt und …« Sie verstummte und drehte sich zu Hansen um. »Ich will sofort zu Mattes, haben Sie das verstanden?«

»In Ostfriesland sagt man erst einmal *Moin*«, wies er sie zurecht und hängte seinen Friesennerz an die Garderobe.

»Höflichkeitsfloskeln helfen mir auch nicht weiter«, zeterte sie und stemmte die Hände in die Seiten, bevor sie fortfuhr: »Saathoff verbietet mir den Umgang mit meinem Neffen. Sie müssen sofort etwas dagegen unternehmen.« Kunzmann hob belehrend den Zeigefinger.

»Solange keine Straftat vorliegt …«

»Muss er den Jungen auch erschießen, bevor Sie endlich tätig werden?« Ihre Stimme schraubte sich immer weiter in die Höhe, bis zu einer Tonlage, die Glas zerspringen lassen konnte.

»Was wollen Sie mir denn damit sagen?« Hansen zeigte sich von ihrem Auftritt gänzlich unbeeindruckt.

»Der Musiker hat seine Freundin erschossen, weil sie ihn verlassen wollte. Das ist doch klar.«

»Woher wissen Sie das denn?« Der Hauptkommissar runzelte die Stirn.

»Von Sören. Anke wollte wieder mit ihm zusammenziehen.«

»Wir werden der Sache nachgehen«, versprach er und setzte sich auf seinen Stuhl.

»Ist das alles, was Sie dazu zu sagen haben?« Die Absätze ihrer Pumps klackerten auf dem Fußboden, als sie an seinen Schreibtisch trat.

»Nee, da wäre noch eine Kleinigkeit.« Er drehte sich auf dem Stuhl langsam zu ihr um und musterte sie mit kaltem Blick. »Wenn Sie sich nicht sofort vom Acker machen, werde ich Sie wegen Behinderung der Justiz festnehmen.«

»So eine Unverschämtheit muss ich mir nicht bieten lassen. Das wird ein Nachspiel haben«, drohte sie und trippelte aus dem Büro.

»Puh, das war Rettung in höchster Not.« Jepsen blies die Backen auf und ließ die Luft langsam wieder entweichen.

»Ich dachte, du bist so ein Frauenversteher.« Hansen grinste, wurde dann aber sofort wieder ernst. »Ich werde mir Saathoff noch einmal vornehmen. Der Kerl ist mir nicht ganz geheuer.«

»Warum das denn?«, hakte sein Kollege nach.

»Anscheinend wollte Anke sich von ihm trennen. Möglicherweise ist er in seiner Eifersucht durchgedreht.«

»Auf mich machte er heute einen ganz vernünftigen Eindruck.«

»Hoffentlich hast du dich nicht täuschen lassen.« Der Hauptkommissar öffnete seinen Maileingang und überflog die Nachrichten. »Hast du den Bericht der Spurensicherung schon gelesen?«

»Yep. Die Kollegen scheinen eine Nachtschicht eingelegt zu haben.« Jepsen sah auf. »Leider haben sie nichts gefunden, das uns bei den Ermittlungen weiterhelfen könnte. Nach der Obduktion der Leiche wissen wir hoffentlich mehr.«

»Schiet ok.« Hansen hakte die Daumen hinter seine Hosenträger und dachte nach. »Bisher haben wir drei Verdächtige, von denen jeder ein Mordmotiv hat. Ankes Mails bestätigen allerdings Sörens Version, dass Stefan der Todesschütze ist.«

»Welche Mails?«

Jepsen sah auf und Hansen erzählte ihm von den Nachrichten auf Sörens Laptop.

»Bist du sicher, dass er sich die Mails nicht selbst geschrieben hat?«

»Wie soll das denn gehen?«

»Dazu braucht er nur zwei verschiedene Mailaccounts. Hast du die IP-Adresse des Absenders überprüft?«

»Nee, ist dieses IP-Dingsda denn wichtig?«

»Als IP-Adresse bezeichnet man eine Adresse in Computernetzen, die auf dem Internetprotokoll basiert. Sie wird den an das Netz angebundenen Geräten zugewiesen und macht diese so adressierbar und …«

»Schlauschnacker«, unterbrach der Hauptkommissar den Redeschwall seines jüngeren Kollegen und ließ die Hosenträger flippen. »Bevor ich Sören einen weiteren Besuch abstatte, sollten wir die Tat zunächst aus Sicht des Schützen betrachten.«

»Wie meinst du das denn?« Jepsen klickte im Sekundentakt auf den Druckkopf seines Kugelschreibers.

»Da der Mörder mit nur einem Schuss einen sauberen Treffer gelandet hat, wird er mit einer Waffe umgehen können. Hast du die Hintergründe unserer drei Verdächtigen auf Schützenvereine und andere Organisationen überprüft?«

»Dazu bin ich bisher noch nicht gekommen.« Der jüngere Polizist legte den Kugelschreiber auf den Schreibtisch und machte sich an die Arbeit. In den nächsten zwanzig Minuten hörte man in der Polizeistation nur das Klappern der Computertastaturen.

»Jackpot!« Hansen rieb sich die Hände. »Saathoff war in seiner Jugend Mitglied im Borkumer Sportschützenverein und hat sogar an Wettkämpfen teilgenommen. Hast du etwas zu Burkard gefunden?«

»Bisher nicht.« Jepsens Finger flogen weiterhin über die Tastatur. »Er besitzt keinen Waffenschein und war anscheinend auch nie Mitglied in entsprechenden Vereinen. Er könnte das Schießen allerdings in Afrika gelernt und von dort auch eine Waffe nach Deutschland geschmuggelt haben.«

»Wäre möglich«, stimmte der Hauptkommissar zu und stand auf. »Kannst du Kalle auch noch einmal unter die Lupe nehmen? Ich spreche in der Zeit mit Stefan.«

Ohne eine Antwort abzuwarten, stand Hansen auf, nahm den Friesennerz von der Garderobe und verließ die Polizeistation.

Bettlektüre

Borkum, August

Heike Gessner sortierte die Buchlaufkarte in den Karteikasten, mit dem sie ihre Nachbestellungen verwaltete. Auch wenn dieses Ordnungssystem in den meisten Buchhandlungen längst einem elektronischen Bestellverfahren gewichen war, hielt sie weiterhin daran fest. Das hatte jedoch weniger mit Nostalgie, sondern mehr mit den Kosten einer computergestützten Sortimentsverwaltung zu tun. In Gedanken war sie allerdings nicht bei ihrer Tätigkeit, sondern noch immer bei dem grauenvollen Mord.

Als das *Geöffnet*-Schild leise gegen die Eingangstür klackerte und ein Mann den Laden betrat, sah sie auf und grüßte mit einem freundlichen *Moin*, auch wenn sie der Anblick zunächst erschreckt hatte, denn die Augen des Kunden lagen tief in ihren Höhlen. Die untere Gesichtshälfte war von Bartstoppeln bedeckt, die wie Stacheln aus seiner Haut ragten. Trotz seiner offensichtlichen Bräune hatte die Haut eine ungesunde gräuliche Farbe. Die Lippen waren zwei blutlose Striche in einem eingefallenen Gesicht, dessen Haut an eine alte Gummimaske erinnerte.

Der unheimliche Kunde blieb vor dem Kassentresen stehen und musterte Heike, die ihre dunkelblonde Mähne an diesem Tag mit einem Pferdeschwanz gebändigt hatte. Sein taxierender Blick wanderte von der weißen Bluse über die Jeans bis zu den Sneakers. Obwohl sich die Buchhändlerin unter seiner Betrachtung unwohl fühlte, stellte sie den Karteikasten neben die Kasse und zwang sich zu einem Lächeln.

»Wie kann ich Ihnen helfen?«

»Ich suche ein Buch über Vormundschaft und Sorgerecht. Haben Sie so etwas?« Der Unbekannte beugte sich vor, als wollte er sie noch genauer in Augenschein nehmen.

»In der Abteilung *Recht und Wirtschaft* finden Sie Ratgeber zu diesem Thema. Ich zeige Ihnen die Bücher.« Heike nahm ihren Mut zusammen, trat hinter dem Kassentresen hervor und eilte zielstrebig auf das Regal an der Stirnseite des Raumes zu.

Der Mann folgte ihr so dicht auf den Fersen, dass sie seinen Atem in ihrem Nacken spüren konnte. Auch wenn sie sich einredete, dass der Kunde keine Bedrohung war, stellten sich die Härchen an ihren Unterarmen auf und sie bekam eine Gänsehaut.

»Die Titel sind oben links im Regal.« Heike deutete auf die sechs Exemplare, die sie zum Thema *Familienrecht* im Sortiment führte.

»Danke. Ich werde mir die Bücher ansehen.« Er zerkaute die Wörter zu einem Sprachbrei, sodass es klang wie: *Dankeiwedemidibüchesehe*.

»Sollten Sie weitere Hilfe brauchen, sagen Sie einfach Bescheid.« In der Hoffnung, dass der Kunde keine Fragen mehr hatte, flüchtete sich die Buchhändlerin wieder hinter den Kassentresen, der nun wie ein rettendes Bollwerk erschien. Dabei konnte sie nicht einmal sagen, warum sie sich vor dem Kunden ängstigte. Wahrscheinlich lag ihre Furcht in der letzten Nacht begründet, in der sie Zeugin eines kaltblütigen Mordes geworden war – schließlich konnte ein solcher Vorfall traumatische Reaktionen hervorrufen.

Obwohl sie Anke Burkard nur wenige Male persönlich begegnet war, hatte Heike das Gefühl, mit ihrem Tod einen nahestehenden Angehörigen verloren zu haben.

Die Stimme der Sängerin hatte sie wie die einer guten Freundin durch ihr Leben begleitet. Die Lieder von *Olde Düne* hatten ihr in traurigen Momenten Trost gespendet und sie in heiteren Augenblicken laut auflachen lassen.

Hoffentlich würden Ragnar und Jan den Mörder bald fassen. Die Buchhändlerin hatte keine Ahnung, wie lange sie die Vorstellung, dass jeder Kunde Ankes Mörder sein konnte, aushielt, ohne irgendwann verrückt zu werden.

Als die Ladentür erneut geöffnet wurde und zwei Urlauberinnen in luftigen Sommerkleidern hereinkamen, atmete Heike erleichtert auf, da sie keinesfalls länger allein mit dem unheimlichen Kunden sein wollte.

Wenige Minuten später erschien Jan und trat zu ihr an den Kassentresen. »Ich musste mal frische Luft schnappen und wollte nach dir sehen. Wie geht es dir?«

»Ich fühle mich noch immer wie in einem Albtraum. Habt ihr schon einen Verdächtigen?«, flüsterte sie, damit die Kunden ihren Dialog nicht mithören konnten.

»Wir haben bereits mehrere Spuren, denen wir nachgehen werden. Du weißt doch, dass ich mit dir nicht über unsere laufenden Ermittlungen reden darf.«

»Natürlich, aber hier ist es eine Ausnahme. Anke war schließlich meine Lieblingssängerin.«

»Nee, deshalb ist das noch lange keine Ausnahme. Du kannst aber sicher sein, dass Hansen und ich jedem Hinweis nachgehen werden.«

»Ihr werdet den Mörder schon fassen«, prophezeite Heike und erzählte dann: »Die CDs von *Olde Düne* habe ich schon in der ersten Stunde verkauft. Einige Leute haben sogar nach einer Biografie von Anke Burkard gefragt, aber die gibt es meines Erachtens noch nicht.«

»Du könntest ein solches Buch doch schreiben«, ermunterte er sie.

»Das ist eine gute Idee. *Borkumer Melodie* wäre ein passender Titel. Den gesamten Verkaufserlös des Buches würde ich ihrem Sohn spenden. Weißt du eigentlich, was jetzt aus dem Jungen wird?«

»Saathoff will den Kleinen adoptieren, aber das dürfte nicht so einfach sein, weil sein leiblicher Vater angeblich auch Ansprüche angemeldet hat. Bis zur Klärung des Sachverhaltes kann Mattes hoffentlich in seiner gewohnten Umgebung bleiben.«

»Das wäre wünschenswert. Kennst du den Mann am Regal da hinten?«, raunte Heike dem jungen Polizisten zu und deutete mit einem Kopfnicken auf den unheimlichen Kunden – der sich in genau diesem Moment umdrehte, als hätte er ihr Gespräch belauscht.

»Das ist der leibliche Vater des Jungen. Ich habe vorhin einige Fotos von ihm im Internet gesehen, auf denen er allerdings deutlich besser aussieht. Zudem …«

Jan verstummte, als Burkard sich mit dem Buch in der Hand in Bewegung setzte und zielstrebig zum Kassentresen kam.

»Wenn Sie nicht gerade verhaftet werden, können Sie mir noch einmal behilflich sein.« Seine blutleeren Lippen verzogen sich zu einem schiefen Lächeln.

»Ich will dich nicht länger aufhalten. Wir sehen uns später.« Jan nickte Heike zu und verschwand aus der Buchhandlung.

»Was suchen Sie denn?« Obwohl sich die Buchhändlerin lieber weiterhin hinter dem Kassentresen verschanzt hätte, trat sie hervor – schließlich bestand der beste Weg zum Sieg über die Angst darin, sich ihr zu stellen.

»Ein Kinderbuch für einen sechsjährigen Jungen. Können Sie mir etwas empfehlen?«

»Selbstverständlich.« Heike ging zur Kinderbuchabteilung und zeigte dem Kunden einige Titel, aus denen er sich ein Buch aussuchte. Wenige Minuten später verließ der unheimliche Besucher die Buchhandlung mit einem in Geschenkpapier eingepackten Leselernbuch und einem Ratgeber zum Thema Sorgerecht. Sie sah ihm nach, bis er die Tür hinter sich geschlossen hatte und auch durch die Glasscheibe nicht mehr zu sehen war. Innerlich bat sie den Mann um Verzeihung, da sie ihn wegen seines Äußeren offensichtlich falsch eingeschätzt hatte – denn jemand, der einem Kind ein Buch schenkte, konnte ihrer Meinung nach kein schlechter Mensch sein.

Blickkontakt

Borkum, August

Sören Burkard machte einen Schlenker um den Neuen Leuchtturm herum und ging über die Victoriastraße zur Strandpromenade. Obwohl er längst außer Sichtweite war, spürte er die Blicke der Buchhändlerin noch immer wie tastende Finger auf seiner Haut.

Fragen wirbelten in seinem Kopf herum wie Sand in einem Wintersturm. War der Polizist zufällig im Laden gewesen? Wurde er bereits observiert oder hatte der Beamte der Buchhändlerin nur einen privaten Besuch abgestattet? Der Körpersprache nach schienen sich die beiden recht gut zu kennen.

Obwohl Sören nach dem Mord damit gerechnet hatte, dass ihn die Bullen als möglichen Täter ins Visier nahmen, musste er nun noch vorsichtiger sein. Wenn sein Schwindel aufflog, war er geliefert.

Er überquerte die Jann-Berghaus-Straße und schlenderte zur unteren Strandpromenade. Von dort aus hatte er eine gute Sicht auf den Musikpavillon, der inzwischen wie eine Insel aus einem Blumenmeer aufragte.

Sören ging einige Schritte hin und her, bis er die Schussposition des Mörders gefunden hatte. Auch wenn er sich selbst niemals als guten Schützen bezeichnet hätte, hatte er sich im Sudan bewaffnet – schließlich war man in dem Land selbst als Ingenieur nicht vor Plünderern sicher.

Sören nahm das Kinderbuch aus der Papiertüte. Zu dem Kauf hatte er sich spontan entschieden, obwohl er nicht einmal wusste, wann er Mattes wiedersehen würde.

Während er das Geschenk betrachtete, reiste er in seinen Erinnerungen in eine Zeit zurück, in der er sich mit seinem Sohn auf das Sofa gekuschelt und sich mit ihm Bilderbücher angesehen hatte. Sein Junge hatte damals auf jeder Seite neue Entdeckungen gemacht und mit dem Finger auf Schiffe, Leuchttürme und Seerobben gedeutet, während er vergnügt vor sich hin gebrabbelt hatte – in einer Sprache, die nur kleine Kinder verstehen können.

Damals war seine Welt noch in Ordnung gewesen – nun war er zurückgekehrt, um aus den Trümmern eine neue Zukunft zu erbauen. Wer ihn daran hindern wollte, wurde aus dem Weg geräumt. Wie auch immer.

Schriftverkehr

Borkum, August

»Du warst aber lange unterwegs. Hast du bei Saathoff etwas erreicht?« Jepsen sah nach Hansens Rückkehr in die Polizeistation auf die Digitalanzeige an seinem unteren Bildschirm, die 17 Uhr 20 anzeigte.

»Ich habe mich länger mit ihm unterhalten. Er streitet jede Beteiligung an dem Mord ab und will seit sieben Jahren keine Waffe mehr in der Hand gehabt haben. Solange wir ihm nicht das Gegenteil beweisen können, sind uns die Hände gebunden.«

Der Hauptkommissar hängte den Friesennerz an die Garderobe und ließ sich auf seinen Schreibtischstuhl fallen. »Er behauptet, dass Sören seine Ex zu einem Treffen gedrängt hätte, zu dem sie sich vor drei Tagen auch bereiterklärt hatte. Der Zeitpunkt stimmt mit Sörens Aussage überein. Danach soll sie vollkommen fertig gewesen sein, weil Sören ihr und Mattes angeblich mit dem Tod gedroht hatte, wenn sie nicht zu ihm zurückkehrt. Stefans Aussage nach wollte Anke sogar eine gerichtliche Verfügung gegen Sören erwirken, damit er sich ihr und Mattes nicht mehr nähern durfte. Hast du inzwischen etwas Neues erfahren?« Hansen loggte sich in seinen Mailaccount ein.

»Ich habe mir im Internet noch einmal alle Informationen zu Stefan Saathoff und Sören Burkard angesehen, aber keine Neuigkeiten gefunden, die uns bei den Ermittlungen weiterhelfen würden. Zu Kalle gab es keinen Hinweis, der ihn mit Schusswaffen in Verbindung bringen würde. Während es von Sören nur wenige Einträge gibt, ist der Bassist in der regionalen Presse und den sozialen Netzwerken allgegenwärtig. Es existieren unzählige Fotos, die ihn auf der Bühne, mit seinen Fans oder Anke zeigen. Es gibt auch Bilder, auf denen er einen lachenden Mattes im Arm hat. Den Aufnahmen nach schienen sie eine glückliche Familie gewesen zu sein.«

»Hm.« Der Hauptkommissar strich sich die Haare nach hinten. »Kann man dieses IP-Dingsda herausfinden?«

»Eine IP-Adresse lässt sich mit einem entsprechenden Programm ausfindig machen.«

»Kennst du so ein Computerprogramm?« Hansen schob den Zigarrenstumpen in den linken Mundwinkel.

Jepsen nickte. Da er sich während seiner Ausbildung an der Polizeiakademie verstärkt mit Cyberkriminalität auseinandergesetzt hatte und ursprünglich zum LKA wechseln wollte, kannte er sich mit diversen legalen und illegalen Möglichkeiten zur Datenbeschaffung aus.

»Dann sollten wir Sörens Laptop unter die Lupe nehmen.«

»Ich habe ihn heute im *Borkumer Bookje* gesehen. Der Mann sieht echt fertig aus.«

»Was hattest du denn dort verloren? Brauchte Heike wieder jemanden zum Bücherschleppen?«

»Nee, ich musste mir einfach mal eine frische Brise um die Nase wehen lassen.«

»Dann hättest du zum Strand und nicht in die Buchhandlung gehen müssen.« Der Hauptkommissar stand auf. »Wir sollten uns Sören noch einmal vornehmen.«

»Sofort?« Jan sah ihn mit großen Augen an.

»Nee, erst zum Nikolaustag. Natürlich nur dann, wenn du bis dahin nichts anderes vorhast.«

»Das war eine blöde Frage von mir«, gab sein Kollege zu.

»Jo«, kommentierte Hansen die Bemerkung und verließ mit Jepsen im Schlepptau die Polizeistation. Eine Viertelstunde später standen die Polizisten vor der Pension *Schatzkiste*. Da die Haustür nicht abgeschlossen war, traten sie in den Flur und klopften an die Zimmertür von Sören

Burkard. Wenige Augenblicke später hörten sie ein Rumpeln, dem ein Schrei folgte. Dann wurde die Tür geöffnet.

»Was wollt ihr denn hier? Ragnar, du hast mich heute doch schon vernommen. Deinetwegen bekomme ich jetzt einen blauen Fleck.« Der Verdächtige rieb sich über das Schienbein. Dabei sah er Hansen vorwurfsvoll an, als trage dieser die Schuld an seinem Missgeschick. Dann musterte er Jepsen. »Sie habe ich doch heute in der Buchhandlung gesehen. Beschattet ihr mich etwa?«

»Natürlich nicht«, beschwichtigte der Hauptkommissar. »Im Rahmen unserer Ermittlungen sind Fragen aufgetaucht, die wir gerne mit dir klären würden. Können wir kurz reinkommen?«

»Meinetwegen«, knurrte der Ingenieur und ließ die Polizisten eintreten.

»Was wollt ihr denn wissen?« Er drückte die Tür hinter den Beamten zu und blieb daneben stehen, als wollte er sich einen Fluchtweg freihalten.

»Können wir die Mails von Anke noch einmal sehen?«

»Warum das denn?« Sören verschränkte die Arme vor seiner Brust.

»Weil … lass uns einfach unsere Arbeit machen, okay?« Hansen deutete auf den Laptop, der noch immer auf dem Tisch stand.

»Werde ich etwa verdächtigt?« Ankes Ex ließ sich nicht beirren.

»Nicht mehr als andere Personen auch«, antwortete der Hauptkommissar ausweichend, während Jepsen den auf dem Tisch stehenden Laptop aufklappte.

»Ich brauche das Passwort.« Jan blickte Burkard fragend an.

»Was sucht ihr denn auf meinem Rechner? Ich habe dort keine Pornos gespeichert und auch keine Anleitungen zum Bombenbau.« Er lachte freudlos auf.

»Dann hast du auch nichts zu verbergen.« Hansen ließ ihn nicht aus den Augen.

»Anke0706. Das war der Tag unseres ersten Dates«, fügte er erklärend hinzu.

»Du solltest dich von Mattes vorläufig fernhalten«, versuchte der Hauptkommissar sein Gegenüber in ein Gespräch zu verwickeln, damit Jepsen in Ruhe seine Arbeit machen konnte. Dabei ließ er seinen Blick durch den Raum gleiten, als wollte er ihn in sein Gedächtnis wie auf eine Computerfestplatte einscannen.

»Warum sollte ich das machen? Der Junge braucht seinen Vater«, brauste Burkard auf.

»Zunächst einmal braucht Mattes eine vertraute Umgebung, schließlich hat er gerade seine Mutter verloren.«

»Genau deshalb muss das Kind zu mir.«

»Momentan bist du ein Fremder für ihn.«

»Blödsinn. Mattes ist nirgendwo besser aufgehoben als bei mir. Stefan wird ihm niemals ein richtiger Vater sein, der Kerl ist doch nur eine Witzfigur. Zudem … hörst du mir überhaupt zu?« Irritiert sah der Verdächtige zu Hansen, der auf die Wand neben dem Bett zuging.

»Hast du das Brett aus der Verschalung genommen?« Ohne auf die Frage einzugehen, deutete der Hauptkommissar auf eine schief sitzende Lamelle.

»Nee, wieso?«

Statt einer Antwort kniete sich Hansen auf den Boden, wobei seine Kniegelenke protestierend knackten. Dann schob er seine Hand in einen fingerbreiten Spalt. Als seine Finger über etwas Metallisches glitten, griff er hinter die Lamelle und riss sie aus der Verankerung.

»Was zur Hölle machst du da?« Burkard glotzte ihn entgeistert an. Dann fiel sein Blick auf die Pistole, die hinter der Verschalung in einem Hohlraum steckte.

»Damit habe ich nichts zu tun.« Er hob in einer abwehrenden Haltung die Hände.

Jan, der bisher konzentriert auf den Monitor des Laptops gestarrt hatte, drehte sich zu den beiden um.

Der Hauptkommissar richtete sich wieder auf. »Kannst du mir das erklären?«

»Ich … weiß nicht … nie gesehen …«, stammelte Burkard. Dann stieß er Hansen urplötzlich mit beiden Händen so fest vor die Brust, dass dieser nach hinten kippte und einen Sturz trotz eines Ausfallschritts nicht mehr verhindern konnte. Dabei ruderte er so schnell mit den Armen, als hätte er Flügel und könnte dem Unausweichlichen einfach davonflattern.

Jan sprang auf und packte seinen Vorgesetzten unter den Achseln, bevor dieser mit dem Hinterkopf auf den Boden knallte. Aus den Augenwinkeln sah er, wie der Verdächtige die Zimmertür aufriss und verschwand.

»Alles okay?« Jan beugte sich über ihn.

»Mir geht es super. Ich lasse mich gerne überrumpeln.« Während Hansen sich aufrappelte, rannte sein Kollege aus dem Zimmer.

»Schiet ok!«, kommentierte der Hauptkommissar die Flucht des Verdächtigen und eilte ebenfalls aus der Pension. Vor dem Eingang musste er sich aber keuchend an der Hauswand abstützen. Zudem drehte sich die Welt vor seinen Augen schneller, immer schneller. Erst nach einer Weile, die ihm wie eine Ewigkeit vorkam, wurde das verschwommene Sichtfeld wieder klar und er sah … niemanden.

Hansen schritt bis zur Grundstücksgrenze und blickte auf die Straße, aber auch diese war menschenleer. Wohin konnte Sören fliehen? Wo würde er sich verstecken?

Während er verschiedene Möglichkeiten durchging, kam Jepsen aus einer Nebenstraße gerannt. »Ich habe ihn verloren«, japste der Polizist und stützte die Hände auf die Oberschenkel. »Wir müssen sofort eine Fahndung herausgeben.«

»Ich kümmere mich darum. Informierst du den Fährbetrieb und den Flughafen, damit er die Insel auf diesem Weg nicht verlassen kann?«

»Klar.« Jepsen zückte sein Smartphone.

Wenige Minuten später kehrten die Ordnungshüter in das Pensionszimmer zurück.

»Das hätte nicht passieren dürfen.« Der Hauptkommissar bückte sich und hob den Zigarrenstumpen auf, der ihm beim Sturz aus dem Mund gefallen war. »Da heute kein Flieger mehr startet und auch die letzte Fähre den Hafen verlassen hat, muss er diese Nacht auf Borkum bleiben.«

»Wo wird er sich deiner Meinung nach verstecken?«

»Keine Ahnung. Sören ist auf der Insel aufgewachsen, er kennt hier jedes Schlupfloch. Wir sollten Saathoff informieren. Er muss sich und den Jungen in Sicherheit bringen.«

»Würde Burkard seinem eigenen Kind etwas antun?«

»Er würde ihn nie verletzen, aber möglicherweise entführen. Du fährst sofort zu Saathoff und regelst das. Ich kümmere mich in der Zeit um die Spurensicherung.«

»Wir sollten den Laptop mitnehmen. Vielleicht entdecke ich darauf Hinweise, die uns weiterhelfen. Notfalls können wir das Ding immer noch an die Experten der IT-Abteilung weiterleiten. «

»Das ist eine gute Idee.« Hansen kaute auf seinem Zigarrenstumpen, während Jepsen den Laptop zuklappte.

Verfolgungswahn

Borkum, August

Heike Gessner verschloss die Hintertür ihrer Buchhandlung und ging durch den kleinen Hinterhof zur gegenüberliegenden Hauswand, an der ihr Fahrrad lehnte. Sie wollte sich gerade in den Sattel schwingen, als sie das platte Hinterrad bemerkte.

»Na toll«, grummelte sie und überprüfte das Ventil, das sich nicht gelockert hatte. Demnach musste sie auf dem Weg zur Arbeit über einen spitzen Stein oder eine Scherbe gefahren sein. Da sie das Werkzeug zur Reparatur daheim aufbewahrte, würde sie nun zu Fuß gehen und das Rad schieben müssen. Heike legte die Handtasche in den am Lenker angebrachten Fahrradkorb und machte sich auf den Heimweg. Zunächst wollte sie den längeren, dafür aber schöneren Weg über die alte Strandmauer nehmen, entschied sich angesichts der dunklen Wolken, die ein auffrischender Ostwind auf die Insel zutrieb, dann aber für den kürzeren Marsch durch die Dünen.

Von der Hindenburgstraße aus gelangte sie über die Waterdelle zu den Norddünen. Die Touristen, die im Inselzentrum noch zahlreich durch die Straßen flaniert waren, wurden am Strandjers Pad immer weniger, bis sie nur noch vereinzelten Passanten begegnete, die sich auf dem weiteren Dünenpfad ebenfalls verloren. Bisher hatte ihr die Einsamkeit inmitten dieser wundervollen Landschaft, in der sie sich oft wie der einzige Mensch auf der Insel vorkam, gefallen – jetzt aber ängstigte sie sich.

»Du bist doch keine Bangbüx«, sprach sie sich selber Mut zu und blickte zu den schwarzen Wolken empor, die das Licht der Sonne inzwischen ausgeknipst hatten und die Dünen mit langen Schatten überzogen. Heike ging schneller.

Auch wenn sie sich einredete, nur vor dem zu erwartenden Wolkenbruch daheim sein zu wollen, konnte sie die Angst, die seit dem Mord wie eine Ratte in ihr nagte, nicht länger verleugnen. Das grauenvolle Ereignis hatte anscheinend tiefere Kratzer in ihrer Seele hinterlassen, als sie sich eingestehen wollte.

Als sie Schritte hinter sich hörte, beschleunigte sich ihr Puls und Heike schob das Rad noch zügiger, aber die Geräusche verfolgten sie mit gleicher Intensität. Mit klopfendem Herzen schritt sie noch eiliger aus – ohne dem Verfolger allerdings entkommen zu können. Inzwischen verfluchte sie sich für die Entscheidung, denn auf der alten Strandmauer wäre sie vielleicht nass geworden, aber unter den vielen Menschen, die dort täglich entlangschlenderten, wäre ihr sicherlich nichts passiert.

Heike atmete tief ein. Dann drehte sie sich abrupt um und … sah niemanden.

Demnach hatte sie sich die Schritte nur eingebildet. Die Buchhändlerin schüttelte demonstrativ den Kopf, als könnte sie ihre düstere Vorahnung damit vertreiben. Auch wenn sie nach dem gestrigen Erlebnis ziemlich durch den Wind war, durfte sie sich keinesfalls verrückt machen lassen.

Sie drehte sich einmal um die eigene Achse, konnte aber erneut niemanden erkennen – zumindest kein Lebewesen auf zwei Beinen, denn nun hoppelten drei Kaninchen in aller Gemütsruhe über ihren Weg und verschwanden in den Dünen.

Heike sah den Tieren einen Moment lang nach und setzte dann ihren Heimweg fort. Obwohl das beklemmende Gefühl der Beobachtung sie weiterhin zu lähmen drohte, ließ sie sich davon nicht beirren, legte den Weg mit schnellen Schritten zurück und erreichte das kleine Haus in den Dünen, das ihr die frühere Inhaberin der Buchhandlung, eine alte Frau namens Gesa Klauben, hinterlassen hatte, unbeschadet und trocken.

Die Buchhändlerin lehnte ihr Rad an die Hauswand und kramte den Schlüssel aus der Handtasche. Sie wollte damit gerade die Haustür aufschließen, als sie in der darin eingearbeiteten Glasscheibe eine Gestalt hinter sich aufragen sah. Während sie noch überlegte, ob ihr die Fantasie einen weiteren Streich spielte, legte sich eine Hand auf Mund und Nase.

»Keinen Laut, hast du das verstanden?« Der Angreifer beugte sich so weit zu ihr, dass sie seine Lippen an ihrem Ohr spüren konnte. Im ersten Moment wollte sich Heike in ihr Schicksal fügen, aber dann begehrte sie dagegen auf und begann wie eine Furie um sich zu schlagen. Nach einem Tritt hörte sie einen erstickten Schmerzenslaut, und die Hand über ihrem Mund wurde weggezogen. Sie nutzte diesen Augenblick und schrie wie aus Leibeskräften, während sie sich gleichzeitig in Sicherheit zu bringen versuchte.

Aber wo sollte sie hin?

Ins Haus konnte sie nicht, denn der Schlüssel war ihr bei dem überraschenden Angriff aus der Hand gefallen. In den Dünen war sie ihrem Widersacher hilflos ausgeliefert. Hektisch kramte sie in ihrer Tasche nach dem Mobiltelefon, um damit Hilfe zu holen. Aber noch bevor sich ihre Finger um das Gerät krallen konnten, hatte ihr der Unbekannte die Handtasche entrissen und diese zu Boden geworfen.

»Du entkommst mir nicht«, hörte sie seine Stimme und dann … nichts mehr.

Tatwaffe

Borkum, August

»Burkard hätte uns niemals entkommen dürfen«, grummelte Hansen um sieben Uhr in der Früh. »In der vergangenen Nacht bin ich jede Straße abgefahren, ohne den kleinsten Hinweis zu finden. Borkum bietet einfach zu viele Versteckmöglichkeiten.«

»Nach seinem Verschwinden hat bisher kein Schiff den Yachthafen verlassen.« Jan, der ihm nach einer ebenfalls schlaflos verbrachten Nacht im Büro der Polizeistation an seinem Schreibtisch gegenübersaß, blickte auf. »Niemand hat mit seiner Flucht gerechnet.«

»Genau *das* ist unser Problem, kapierst du das denn nicht?«, fuhr ihn der Hauptkommissar an und ergänzte dann etwas ruhiger: »Wir hätten alle Eventualitäten vor unserem Einsatz berücksichtigen müssen. Hast du die IP-Adresse inzwischen überprüft?«

»Das habe ich dir doch schon vor drei Stunden erzählt. Hörst du mir überhaupt zu, wenn ich mit dir rede?«

»Zu diesem Zeitpunkt hatte ich sicherlich einen Sekundenschlaf.«

»In Momenten wie diesen denke ich ernsthaft darüber nach, ob du in einem Altersheim nicht besser aufgehoben wärst.«

»Ik schiet di wat mit Altersheim«, beschwerte sich der Hauptkommissar.

Jan seufzte vernehmlich. »Absender und Empfänger haben die gleichen IP-Adressen. Burkard hat sich die Mails demnach selbst geschrieben.«

»Er wird Ankes Mailadresse und die Zugangsdaten noch von früher kennen«, überlegte Hansen laut.

»Das wäre denkbar. Er könnte aber auch eine neue Mailadresse mit Ankes Namen eingerichtet haben. Wir müssen die Daten noch mit ihrem Account abgleichen.«

»Wie auch immer: Sören wollte uns auf eine falsche Fährte locken. Obwohl wir noch das Ergebnis der Spurensicherung abwarten müssen, gehe ich nun davon aus, dass er Anke umgebracht hat. Das hätte ich ihm niemals zugetraut.«

»Er wird durchgedreht sein, weil sie nicht zu ihm zurückkehren wollte.«

»Damit hat er seinem eigenen Sohn die Mutter genommen. Ich habe das Unglück schon vor Jahren kommen sehen und nichts dagegen unternehmen können.« Hansen stützte die Ellenbogen auf den Schreibtisch und verbarg den Kopf in den Händen.

»Was hättest du denn machen sollen? Burkard war doch in Afrika. Zudem werden wir ihn bald finden, da er die Insel nicht verlassen haben wird«, versuchte der junge Polizist seinen Vorgesetzten aufzumuntern. »Die Fährmitarbeiter und das Flughafenpersonal sind informiert. Obwohl er weder einen Bootsführerschein noch ein eigenes Schiff besitzt, wird der Hafenmeister auch weiterhin ein Auge auf jedes ablegende Boot haben. Zudem denke ich keinesfalls, dass er ohne seinen Sohn untertauchen wird. Bei uns ist Mattes in guten Händen.«

Bei seiner letzten Bemerkung warf Jan einen Blick auf das schlafende Kind, das sich auf einem Feldbett in der Zimmerecke zusammengerollt hatte. Eine Bettdecke mit Figuren aus der Fernsehsendung *Sesamstraße* hing bis auf den Boden.

»Ich werde sicherlich nicht den ganzen Tag Babysitter spielen«, stellte Hansen klar.

»Bei Saathoff konnte der Kleine nicht bleiben, denn dort würde Sören als Erstes nach ihm suchen. Außer Stefan und uns weiß niemand, wo sich der Junge momentan aufhält.

Wenn wir den Vorgang offiziell machen, wird Mattes in eine Einrichtung abgeschoben. Willst du das?«

»Natürlich nicht, aber was sollen wir denn mit ihm anfangen?«

»Du kannst ihm doch vorlesen oder Geschichten aus deiner Jugend erzählen.« Trotz der angespannten Situation grinste Jan.

»Meine Erlebnisse würden den Kleinen nur verstören«, winkte der Hauptkommissar ab. »Du hingegen hast bei seiner Betreuung echte Vaterqualitäten gezeigt.«

»Jeder Junge träumt davon, einmal in einem richtigen Streifenwagen zu fahren.«

»Deshalb hättest du aber noch lange nicht die Sirene anstellen müssen.«

»Ohne *Tatütata* macht es doch keinen Spaß.«

Hansen schüttelte in einer theatralischen Geste den Kopf. »Ich weiß nicht, wer von euch beiden das größere Kind ist. Was machen wir denn mit dem Kleinen, wenn Burkard längere Zeit flüchtig ist? Wir können Mattes nicht tagelang hierbehalten. Zudem steht Saathoff auch noch auf der Liste unserer Verdächtigen.«

»Das ist mir klar.« Jan seufzte vernehmlich. »Was ist denn mit der Stiefschwester?«

»Der würde ich nicht einmal meinen Hund anvertrauen.« Hansen drehte sich zu dem schlafenden Kind um, das plötzlich wild um sich schlug und nach seiner Mutter schrie.

»Der Kleine wird einen Albtraum haben«, prophezeite Jan und ging zum Feldbett. Dort kniete er sich neben den Jungen, strich ihm sanft über die Wangen und sprach beruhigend auf ihn ein. Nach einer Weile hörte Mattes auf zu zappeln und entspannte sich wieder.

»Falls es mit deiner Karriere bei der Polizei nichts wird, kannst du immer noch als Kindergärtner arbeiten.«

»Karriere werde ich auf Borkum sicherlich nicht machen.« Jan schlurrte zu seinem Schreibtisch zurück.

»Du könntest mich eines Tages beerben.« Hansen drückte die Daumen unter die Hosenträger und lehnte sich in seinem Stuhl zurück. »Mein Job ist eine der begehrtesten Positionen im ganzen Land.«

»Bekommen wir deshalb so viele Bewerbungen?«, kommentierte Jan sarkastisch und griff nach seinem Smartphone. Ein Blick auf das Display verriet ihm, dass er keine neue Nachricht erhalten hatte. »Ich mache mir Sorgen um Heike, sie reagiert nicht auf meine Anrufe und antwortet auch nicht auf meine Mitteilungen.«

»Sie wird um diese Zeit noch in den Federn liegen.«

»Das schon, aber sie hat mich auch gestern Abend bereits vollkommen ignoriert.«

»Demnach ist sie klüger, als ich dachte.« Der Hauptkommissar ließ die Hosenträger flippen.

»Deine dummen Sprüche helfen mir echt nicht weiter.« Der junge Polizist stand auf und ging zur Tür.

»Wo willst du denn hin?« Hansen sah ihm nach.

»Ich werde kurz bei Heike vorbeischauen. Dauert auch nicht lange. Kann ich dein E-Bike haben? Damit bin ich schneller.«

»Meinetwegen. Was mache ich denn in der Zeit mit Mattes?«

»Dir wird schon etwas einfallen. Wenn er Durst hat, gib ihm ein Glas Milch und keinesfalls etwas von deinem Kaffee, hast du das gehört?«

»Wenn aus dem Kleinen ein richtiger Mann werden soll, muss er auch meinen Kaffee vertragen.«

Jan rollte mit den Augen und ließ sich von Hansen den Schlüssel für das Fahrradschloss geben. Vor dem Gebäude blieb er einen Moment stehen und atmete tief ein. Nach dem Regen der letzten Nacht wirkte der Himmel wie blankgescheuert und die Morgensonne überschüttete die Insel mit goldenen Strahlen. Um diese Uhrzeit waren die Straßen des Inselzentrums mit Ausnahme einiger Frühaufsteher und Beschäftigten, die zu den Hotels, Gaststätten oder Geschäften eilten, leer. Ein sanfter Wind strich über seine Haare. In der Ferne schrien Möwen.

Jan, der seine Versetzung nach Borkum zunächst wie eine Strafe empfunden hatte, konnte sich ein Leben auf dem Festland – trotz des alten Gnadderkoppes, mit dem er zusammenarbeiten musste – kaum noch vorstellen.

Das lag neben der Insel auch an Heike, in die er sich … *verliebt hatte*? Auch wenn sich der Polizist seiner Gefühle noch unsicher war, würde er vorläufig keinen Versetzungsantrag einreichen, dazu gefiel ihm das Inselleben, das einem eigenen Rhythmus zu folgen schien, viel zu gut. Auch wenn Borkum nicht das Paradies war, das einige Urlauber hier zu finden hofften, wollte Jan mit seiner Arbeit dennoch dafür sorgen, dass die Insel eine friedliche Oase in einer Welt war, die sich immer schneller zu drehen schien.

Jan schloss Hansens modernen Drahtesel auf und radelte damit zum nächsten Bäcker. Dort kaufte er frische Brötchen und machte sich damit auf den Weg zur Buchhändlerin. Auch wenn er sich einredete, dass ihr Handyakku leer war oder es einen anderen Grund für das Ignorieren seiner Nachrichten gab, zog sich sein Magen bei jedem Meter, den er sich ihrem Haus näherte, mehr zusammen.

In der Einfahrt stieg er ab und stellte das E-Bike auf den Ständer. Da Heikes Fahrrad mit einem Platten an der Hauswand lehnte, war sie sicherlich daheim. Einen Augenblick blieb Jan unschlüssig vor der Türe stehen, dann klingelte er. Falls er sie geweckt hatte, würden die frischen Brötchen hoffentlich als Entschuldigung reichen. Als niemand auf sein Klingeln reagierte, versuchte er es erneut, aber auch jetzt blieb es im Haus still.

Jan trat einen Schritt zurück und ließ seinen Blick über die Hauswand schweifen. Da er nichts Ungewöhnliches feststellen konnte, zog er sein Smartphone aus der Hosentasche und rief sie erneut an. Zu seiner Freude nahm sie das Telefonat entgegen.

»Moin Heike, warum machst du nicht auf? Ich habe dir frische Brötchen mitgebracht.«

»Lass mich in Ruhe, okay?« Ihre Stimme klang belegt.

»Habe ich dich geweckt? Das tut mir leid.«

»Das ist es nicht. Es geht mir nicht gut.«

»Lass mich rein, dann kann ich dir sicherlich helfen. Soll ich dir einen Arzt holen?«

»Deine Fürsorge geht mir ziemlich auf die Nerven.«

Die Worte trafen ihn wie Fausthiebe. »Wie meinst du das denn?«

»Wie ich es sage. Ich komme auch ohne dich klar.«

»Ich verstehe nicht. Wenn ich dich …«

»Halt die Klappe und verschwinde.«

»Aber ich …«

»Hau endlich ab!«, brüllte sie in den Hörer und beendete das Telefonat.

Jan fühlte sich wie ein Boxer, der von seinem Gegner ordentlich vermöbelt worden war und nun auf den Brettern lag. Wie ferngesteuert steckte er das Gerät in seine Hosentasche, stieg auf das Fahrrad und radelte zur Polizeistation zurück. Die Tränen, die während der Fahrt über seine Wangen liefen, bemerkte glücklicherweise niemand.

Versteckspiel

Borkum, August

»Das hast du gut gemacht.« Sören Burkard nahm Heike das Smartphone aus der Hand und steckte es in seine Hosentasche.

»Was passiert jetzt mit mir?« Sie sah ängstlich zu ihm auf. Nach dem Überfall vor ihrer Haustür hatte der Verbrecher ihre Arme auf den Rücken gefesselt und die Knöchel mit einer Paketschnur umwickelt, die zwischen den Beinen einen etwa zehn Zentimeter langen Spielraum ließ, sodass sie sich in Trippelschritten fortbewegen konnte. Bisher hatte er ihr noch nichts angetan. Heike hatte trinken können und auch auf die Toilette gehen dürfen.

»Das hängt von dir ab. Bei einem Fluchtversuch werde ich dich umbringen.« Zur Verdeutlichung seiner Aussage zog er mit dem rechten Zeigefinger eine imaginäre Linie über seinen Hals. »Solltest du meine Anweisungen befolgen, wird dir nichts geschehen.«

»Sie können nicht entkommen. Die Polizisten werden die ganze Insel nach Ihnen absuchen.«

Sören lachte hämisch auf. »Die ganze Insel mit Ausnahme dieses Hauses. Nach der Abfuhr wird dein Lover einen großen Bogen um dieses Gebäude machen.«

»Jan ist nicht mein Lover«, stieß Heike trotzig hervor.

»In der Buchhandlung habt ihr beiden aber sehr vertraut gewirkt. Du hättest ihn die Brötchen vor die Tür stellen lassen sollen. Ich habe Hunger.«

»Im Schrank ist Knäckebrot.« Sie nickte zum Hängeschrank über der Spüle.

»Sitzen bleiben«, befahl er und stellte die Packung mit dem Knäckebrot auf den Tisch. Wenige Minuten später hatte er fünf Scheiben des trockenen Brotes mit einem Glas Milch heruntergespült.

»Wenn Sie Anke nicht umgebracht haben, können Sie sich doch stellen. Warum gehen Sie nicht zur Polizei?«

»Weil Stefan mir die Tatwaffe untergeschoben hat. Das Schwein will mir den Mord anhängen. Zudem habe ich mit den gefälschten Mails jede Glaubwürdigkeit verloren. Die Bullen würden mich sofort einsperren.«

»Sie bekommen einen fairen Prozess.«

Ihr Peiniger lachte freudlos auf. »Sicherlich nicht. Sobald meine Verhaftung an die Presse durchsickert, werden die Journalisten in meiner Vergangenheit wühlen und meine Vergehen ans Licht der Öffentlichkeit zerren. Niemand wird einem Mann glauben, der seine Frau im Suff geschlagen hat. Dabei habe ich ihr niemals etwas antun wollen. Ich habe Anke geliebt, das musst du mir glauben.«

»Natürlich glaube ich Ihnen«, versicherte Heike schnell. Wenn sie den Kidnapper in Sicherheit wiegte, konnte sie ihn vielleicht überrumpeln oder einen unbedachten Moment zur Flucht nutzen. »Warum suchen wir nicht im Internet nach Beweisen für Ihre Unschuld?«, schlug sie in dem Bestreben vor, ihn damit abzulenken.

Ihr Peiniger sah sie einen Moment lang an, als wäre sie eine Vertreterin, die ihm einen Staubsauger aufschwatzen wollte. Dann nickte er.

Schimpftirade

Borkum, August

»Die Spurensicherung hat ihre Arbeit beendet und wird uns den Bericht so schnell wie möglich zuschicken«, informierte der Hauptkommissar seinen Kollegen, der am späten Nachmittag so fest auf die Tastatur seines Computers einhackte, als wollte er diese in ihre Einzelteile zerlegen. »Was ist denn mit dir los?«

»Wir haben einen Mord aufzuklären«, erinnerte ihn Jepsen. »Zudem …« Er verstummte, als Silke Kunzmann die Polizeistation betrat.

»Haben Sie Burkard nach seiner Flucht verhaftet?«, polterte die Hausdame ohne Begrüßung los.

»In Ostfriesland sagt man erst einmal …«

»… *Moin,* ich weiß. Können wir jetzt endlich zur Sache kommen?«

»Woher wissen Sie denn von seiner Flucht?« Hansen drehte seinen Bürostuhl langsam zu ihr um und musterte die Stiefschwester der Ermordeten mit mürrischem Blick.

Diese war auch heute wie aus dem Ei gepellt. Ihre Frisur saß so akkurat, dass nicht einmal eine einzelne Strähne in ihr dezent geschminktes Gesicht fiel. Sie trug ein figurbetontes schwarzes Kleid, mit dessen Farbe sie anscheinend ihrer Trauer Ausdruck verleihen wollte. Die Beine waren von einer dunklen Feinstrumpfhose umhüllt, die Füße steckten in schwarzen Pumps.

»Ein Nachbar hat sein Verschwinden aus der Pension beobachtet. Inzwischen weiß die ganze Insel davon. Wie dämlich muss man eigentlich sein, um einen gesuchten Schwerverbrecher laufen zu lassen?« Sie schüttelte in einer theatralischen Geste den Kopf.

»Das ist Beamtenbeleidigung.« Jan hörte auf, seinen Computer zu malträtieren, und sah Kunzmann an. »Wenn wir Sie dafür nicht zur Rechenschaft ziehen sollen, würde ich an Ihrer Stelle etwas vorsichtiger sein.«

»Sie sollten besser auf meinen Kollegen hören. Bei seiner schlechten Laune haben Sie schneller ein Verfahren am Hals, als Sie *Moin* sagen können.«

»Von Provinzbullen wie euch lasse ich mir gar nichts sagen.« Sie verschränkte die Arme vor der Brust.

»Jetzt reicht es mir aber!« Jan stand auf. Bevor er zu ihr marschieren konnte, hob der Hauptkommissar die Hand.

»Lass gut sein. Ich bin sicher, dass Frau Kunzmann sich für Ihre Aussage entschuldigen wird.« Bei dieser Bemerkung ließ er Ankes Stiefschwester nicht aus den Augen. Eine Weile sahen sie sich an, als wollten sie einander niederstarren. Dann senkte sie den Kopf und murmelte etwas Unverständliches.

»Ich habe Sie nicht verstanden.« Hansen legte die Hand hinter sein rechtes Ohr.

»Tut mir leid. Nach Ankes Tod bin ich ziemlich durch den Wind. Sie müssen Sören fassen, bevor er noch mehr Menschen umbringt. Der Mann ist gefährlich.«

»Die Fahndung nach ihm läuft bereits auf Hochtouren.«

»Das ist gut.« Die Stiefschwester nickte und schwieg einen Moment, bevor sie fortfuhr: »Ich habe Anke vor der Ehe mit Sören gewarnt, aber sie wollte nicht auf mich hören. Es ist schrecklich, einen geliebten Menschen an einen Mann zu verlieren, der ihr Leben zerstören wird.«

»Woher wussten Sie denn schon damals vom tragischen Ende der Beziehung?«

»Sören hat mir vor der Hochzeit mit dem Tod gedroht, sollte ich mich jemals zwischen ihn und Anke stellen. Von seinem irren Blick, mit dem er mich damals angesehen hat, bekomme ich noch heute Albträume. Sie müssen Mattes unbedingt vor ihm schützen.«

Hansen warf einen kurzen Blick zu dem zusammengeklappten Feldbett, das in der Ecke des Büros lehnte. Da das Risiko einer Entführung durch den Vater weiterhin bestand, hatte Hansen nach längerer Diskussion mit seinem Kollegen Kontakt zum Jugendamt aufgenommen, das sich um die Angelegenheit kümmern wollte.

Die Polizeiinspektion Leer/Emden hatte trotz der engen Personaldecke drei Kollegen zur Fahndung auf die Insel beordert, die noch immer jedes Sandkorn umdrehten. Jan und er hatten sich bis vor einer Stunde an der Suchaktion beteiligt und waren danach in die Polizeistation zurückgekehrt, um von dort aus die Ermittlungen zu koordinieren und voranzutreiben.

»Wann kann ich Mattes sehen?«

»Diese Frage kann ich Ihnen nicht beantworten, denn der Fall liegt nun beim Jugendamt Leer. Wir haben den Kleinen so schnell wie möglich von der Insel geschafft, damit Sören ihn nicht in seine Gewalt bringen kann.«

»Ich hätte mich doch auch um Mattes kümmern können, schließlich bin ich seine Tante.« Kunzmann bedachte die Polizisten mit einem tadelnden Blick.

»Seine Sicherheit hat für uns oberste Priorität«, begründete der Hauptkommissar seine Entscheidung. »Solange sich Burkard noch auf freiem Fuß befindet, sollten Sie die Insel besser verlassen.«

»Ich werde vor diesem Schwein keinen Schritt zurückweichen«, betonte Kunzmann entschlossen, bevor sie hinzufügte: »Ich werde mit Stefan wegen Mattes telefonieren. Können Sie mich über den Stand der Ermittlungen auf dem Laufenden halten?«

»Wir dürfen keine internen Informationen preisgeben«, winkte Jan ab.

»Das ist mir klar. Können Sie mich zumindest über alle offiziellen Neuigkeiten informieren, bevor Sie diese an die Presse weitergeben?«

»Das lässt sich einrichten. Sollte Ihnen noch etwas einfallen …«

»… werde ich mich umgehend bei Ihnen melden«, unterbrach sie Hansen. »Ich würde alles tun, um diesen Mistkerl hinter Gitter zu bringen. Wir sehen uns.« Die Geschäftsfrau drehte sich um und schritt zum Ausgang.

»Puh, die ist schlimmer als jede pubertierende Zicke.« Jan schüttelte den Kopf.

»Du bist heute aber auch ziemlich auf Krawall gebürstet.« Der Hauptkommissar schob den Zigarrenstumpen in seinen linken Mundwinkel.

»Wundert dich das? Schließlich haben wir Arbeit bis zum Abwinken.«

»Das ist es nicht. Zumindest nicht nur. Hat deine schlechte Laune etwas mit Heike zu tun?« Hansen musterte sein Gegenüber aus zusammengekniffenen Augen.

»Wie kommst du denn darauf?«

»Ob du es glaubst oder nicht, aber ich habe früher auch nichts anbrennen lassen, wenn du verstehst, was ich damit meine.« Bei dieser Bemerkung zwinkerte er seinem Kollegen verschwörerisch zu.

»Das will ich gar nicht so genau wissen«, winkte Jan ab und schwieg einen Moment, bevor er fortfuhr: »Heike ist irgendwie komisch. Heute Morgen hat sie mich nicht einmal in ihr Haus gelassen. Angeblich ist sie krank. In der Buchhandlung scheint sie auch nicht gewesen zu sein, denn diese ist geschlossen.«

»Sie könnte sich einen Magen-Darm-Virus eingefangen haben. Vielleicht spielen auch nur ihre Hormone verrückt.«

»Hormone? Welche Hormone?« Jan riss die Augen auf.

»Was bist du nur für ein Dusseldassel? In der Schwangerschaft sind Frauen oft vollkommen durcheinander, das weiß doch jeder.«

»Wenn Heike schwanger sein sollte, habe ich damit nichts zu tun.« Jan schob seinen Schreibtischstuhl zurück, als wollte er eine möglichst große Entfernung zwischen sich und Hansens Vermutung bringen.

»Bist du sicher, dass du in deinem Testosteronrausch keinen Blödsinn gemacht hast?«

»Ich habe … so eine Scheiße!« Jan fuhr sich mit der Hand über das Gesicht und schüttelte dann den Kopf. »Sie wird wirklich krank sein. Ich kapiere nur nicht, warum sie mir gegenüber so abweisend ist.«

»Ich könnte dir aus dem Stegreif eine Liste von Gründen nennen.« Trotz der angespannten Situation lachte der Hauptkommissar, wobei der Zigarrenstumpen auf seinen Lippen wie ein Schiff auf stürmischen Wellen auf und nieder wippte. »Womit soll ich anfangen?«

Jan betrachtete seinen Vorgesetzten eine Weile mürrisch, dann verzogen sich seine Lippen zu einem Grinsen. »Ich werde mir mal eine steife Brise um die Nase wehen lassen.«

»Bei deiner Laune sollte es besser ein Sturm sein. Kannst du mir bei deiner Rückkehr ein Fischbrötchen mitbringen?«

»Klar«, antwortete Jan knapp, stand auf und verließ die Polizeistation. Vor dem Gebäude zog er das Smartphone aus der Hosentasche und versuchte Heike erneut zu erreichen – aber auch jetzt schaltete sich nur die Mailbox ein. Er steckte das Gerät wieder in die Hosentasche und schwang sich auf seinen Rostesel, da er Hansen nicht noch einmal um den Fahrradschlüssel für das E-Bike bitten wollte.

Jan strampelte durch die Dünen, wobei er einigen Urlaubern, die sich auf ihren Leihrädern so sicher wie auf störrischen Eseln zu fühlen schienen, ausweichen musste. Er würde nie begreifen, warum Menschen, die in ihrem Leben noch nie auf einem Fahrrad gesessen hatten, auf Borkum unbedingt eine Radtour machen mussten – und froh waren, wenn sie die Tour unbeschadet überstanden hatten.

Vor Heikes Haus stieg er ab und lehnte seinen fahrbaren Untersatz neben ihr Fahrrad an die Hauswand. Dem platten Hinterrad nach zu urteilen, schien sie den Drahtesel heute noch nicht bewegt zu haben. Er ging zur Haustür und klingelte.

Eine Weile geschah nichts, dann wurde im ersten Stock ein Fenster aufgerissen.

»Verschwinde!«, wies sie ihn an.

»Heike, was ist denn los?« Jan sah zu ihr hoch.

»Ich will nichts mehr mit dir zu tun haben, kapierst du das denn nicht?«

»Warum das denn? Wir können doch über alles reden.«

»Ich will aber nicht mit dir reden. Nicht jetzt und auch nicht später.«

»Ich verstehe nicht, wieso …«

»Wir hatten unseren Spaß, aber in letzter Zeit gehst du mir nur noch auf die Nerven.«

»Was redest du da? Geht es dir gut?«

»Sehe ich vielleicht aus wie ein Model auf dem Laufsteg?«, giftete sie zurück. »Ich habe Kopfschmerzen und mir ist kotzübel. Wenn ich dich nicht mehr sehen muss, geht es mir bestimmt viel besser.«

Die Worte prasselten auf Jan herab wie Steine einer Lawine. Unfähig, sich zu rühren, stand er mit hängenden Schultern und gesenktem Kopf vor ihrem Haus und ließ die Schimpftirade über sich ergehen wie eine Naturgewalt, gegen die er nichts ausrichten konnte. Einige Minuten, nachdem sie das Fenster wieder zugeknallt hatte, setzte er sich wieder in Bewegung. Dabei fühlte er sich wie eine Spielzeugfigur, die zwar noch alle Bewegungen richtig ausführen konnte, innerlich aber vollkommen kaputt war.

Internetrecherche

Borkum, August

»Dein Auftritt war absolut filmreif.« Sören, der während des Wortwechsels mit einem Fleischermesser in der Hand hinter Heike gestanden hatte, nickte ihr anerkennend zu. »Den Kerl hast du sauber abserviert. Der lässt sich hier so schnell nicht wieder blicken.«

»Sie können sich nicht ewig in meinem Haus verstecken.«

»Hoffentlich lange genug, um meine Unschuld zu beweisen. Ich habe Anke nicht getötet.« Mit dem Messer in der Hand dirigierte er Heike über die Treppe ins Untergeschoss, wo sie sich wieder auf einen Stuhl am Küchentisch setzte.

»Die Polizisten werden den wahren Täter sicherlich ausfindig machen.«

»Meinst du damit etwa den alten Hansen und den Jungspund, den du gerade zum Teufel geschickt hast?« Der Kidnapper lachte freudlos auf. »Ragnar hatte damals schon Probleme mit seinen Gelenken. Inzwischen dürfte er so beweglich sein wie ein eingerosteter Roboter. Auch wenn sein Hilfssheriff nicht auf den Kopf gefallen ist, wird er mich angesichts der Beweislage sofort festnehmen. Da der Fall in der Öffentlichkeit hohe Wellen schlägt, kann er sich mit meiner Verhaftung zudem für einen Karrieresprung empfehlen.«

»Wer hat Anke Ihrer Meinung nach denn getötet?«

»Stefan, das ist doch klar. Der Gedanke, Anke zu verlieren, wird ihn zu dieser Wahnsinnstat verleitet haben.«

»Warum sollte er die Frau erschießen, die er liebt?« Sie blickte auf.

»Damit Anke nicht zu mir zurückkehren kann.« Sören musterte sie mit dem Blick eines Lehrers, der einem dämlichen Schüler einen einfachen Zusammenhang nicht begreiflich machen kann.

»Warum hat er dann nicht seinen Nebenbuhler getötet?«

»Keine Ahnung, was sich dieser Verrückte dabei gedacht hat.« Sören ließ das Messer aus einer Höhe von etwa fünfzig Zentimetern auf den Tisch fallen. Die Spitze der Klinge blieb im Holz stecken.

»Weshalb sollte er Anke ausgerechnet auf der Bühne umbringen? In den eigenen vier Wänden hätte er sie viel leichter töten und es wie einen Unfall aussehen lassen können.« Heike ließ nicht locker. Wenn sie ihren Peiniger in ein Gespräch verwickeln konnte, wurde er möglicherweise unaufmerksam – ein Umstand, den sie zur Flucht nutzen konnte.

»Dort wäre er aber der einzig Verdächtige gewesen«, wandte Sören ein und zog das Messer aus dem Holz.

»Mit etwas Geschick hätte ihm niemand einen Mord nachweisen können.«

»Bist du so etwas wie eine Expertin im Töten?«, raunzte er sie an und ließ das Messer erneut auf den Tisch heruntersausen.

»Ich kenne mich mit Morden aus, natürlich nur theoretisch«, versicherte Heike schnell. »In meinen Krimis …«

»Das hier ist aber kein verdammtes Buch, sondern mein Leben.« Sören packte das Messer am Griff, zog es heraus und rammte es mit voller Wucht in die Tischplatte.

»Natürlich«, versicherte Heike schnell, weil sie ihr Gegenüber keinesfalls verärgern wollte.

»Wenn Anke mit *Olde Düne* berühmt geworden wäre, hätte Silke ihre Finger im Spiel haben können«, überlegte Sören laut. »Da die Mitglieder von den Einnahmen der Band anscheinend aber nicht einmal ohne zusätzliche Jobs über die Runden kommen, scheidet diese Möglichkeit aus.«

»Ich kann Ihnen nicht ganz folgen.« Heike legte die Stirn in Falten.

»Silke war schon als kleines Mädchen ein echtes Miststück. Als ältere Schwester hat sie Anke, die ein Kind ihres Vaters mit seiner zweiten Frau gewesen ist, das Leben zur Hölle gemacht. Nach den Erzählungen meiner Ex hat sich Silke ständig zurückgesetzt gefühlt, obwohl sie dazu keinen Anlass hatte. In der Schule musste sie stets im Rampenlicht stehen, als Jugendliche hat sie sich wie eine Diva aufgeführt.

Ankes Schwester wollte aus dem bürgerlichen Mief, wie sie ihr Leben nannte, ausbrechen und als Sängerin Karriere machen. Dabei war ihr die Musik nicht einmal wichtig, für Silke war sie nur ein Weg in das Jetset-Leben der Stars, von dem sie immer geträumt hatte.

Nach dem Unfalltod ihrer Eltern sind die Schwestern in einem erbitterten Streit um das Erbe auseinandergegangen und haben erst bei unserer Hochzeit wieder miteinander geredet. In meinen Augen ist Silke eine krankhaft ehrgeizige Frau, die für ein Leben im Rampenlicht auch über Leichen gehen würde. Wahrscheinlich ist sie mit den Konkurrenten, die ihr auf der Karriereleiter im Hotel *Hansekönig* im Weg gestanden haben, nicht zimperlich umgegangen.«

»Da die beiden Frauen aber unterschiedliche Lebenswege eingeschlagen haben, gibt es für Silke kein Motiv, zumindest nicht ihrer Stiefschwester gegenüber«, meinte Heike, bevor sie fragte: »Was ist denn mit ihrer Karriere als Sängerin?«

»Die hat sie meines Wissens nie ernsthaft verfolgt. Ich kann mir Silke viel besser als skrupellose Geschäftsfrau vorstellen. Vielleicht hat sie das Hotelgewerbe auch nur gewählt, um dort ihrem Traumprinzen zu begegnen.« Burkard rammte das Messer erneut in die Tischplatte.

»Haben Sie ihren Werdegang in den letzten Jahren verfolgt?«

»Nee, denn ich hatte genug eigene Probleme. Wir haben seit Jahren keinen Kontakt mehr.«

»Woher wissen Sie denn von ihrer Tätigkeit im Hotel *Hansekönig*?« Heike wollte das Gespräch keinesfalls einschlafen lassen, denn damit schien sie ihren Peiniger tatsächlich ablenken zu können.

»Aus dem Internet. In diesem digitalen Wunderland kann Silke sich jeden Tag neu erfinden. Den Fotos nach zu urteilen, ist ihr Leben eine einzige Party.«

»Digitales Wunderland«, wiederholte Heike, während ein grauenvoller Verdacht in ihrem Kopf Gestalt annahm. »Können Sie mir Silkes Profile in den sozialen Netzwerken einmal zeigen?«

»Wozu soll das gut sein?«

»Zur Ablenkung, du Spacken«, dachte Heike – aber das sagte sie natürlich nicht. Stattdessen wies sie ihren Kidnapper auf die unzähligen Möglichkeiten der Bildbearbeitung hin, mit denen Silke ihren Followern eine Fantasiewelt vorgaukeln konnte.

»Schon möglich, dass sie die Bilder aufgehübscht hat«, gab Sören zu. »Ich wüsste nur nicht, was das mit dem Mord zu tun hat.«

»Nicht nur die Fotos, sondern ihr ganzes Leben könnte eine Lüge sein.«

Sören musterte Heike einen Moment lang mit einem Blick, als hätte sie den Verstand verloren. Dann klappte er den auf dem Tisch stehenden Laptop auf.

»Ich brauche dein Passwort.«

Heike hielt einen Moment inne. »*Janmeinsonnenschein*. In einem Wort.«

»Willst du mich verarschen?« Der Kidnapper schüttelte den Kopf und tippte die Buchstabenfolge ein. »Auf so ein dämliches Passwort kann nur eine Frau kommen«, kommentierte er die Freigabe und tippte dann auf das Internetsymbol auf dem Desktop. Wenige Augenblicke später gab er *Silke Kunzmann* in das Suchfeld ein und drehte den Computer etwas, damit Heike die angezeigten Ergebnisse sehen konnte.

»Können Sie das Gerät noch weiter zu mir drehen? Aus meinem Blickwinkel kann ich kaum etwas erkennen.«

»Dann sehe ich aber nichts mehr.« Trotz der Bemerkung drehte Sören den Laptop weiter zu Heike und rutschte mit seinem Stuhl schräg neben sie.

Demnach schien ihre Strategie der Ablenkung aufzugehen. Da er sie nun nicht mehr im Visier hatte, konnte Heike die Fesseln ihrer auf dem Rücken zusammengebundenen Hände an der metallischen Verstrebung der Rücklehne ihres Stuhles reiben – in der Hoffnung, diese an einer schärferen Kante durchtrennen zu können.

»Wow, im Internet scheint Silke wirklich so etwas wie ein Star zu sein«, zeigte sich Heike beeindruckt.

In den nächsten Minuten betrachtete sie viele Fotos, in denen die Hausdame mit mehr oder weniger bekannten Persönlichkeiten in die Kamera grinste. Im Hintergrund war immer wieder das Logo des *Hansekönigs* – eine Krone, die das Dach eines Palastes darstellte – zu sehen.

»Sieht für mich alles ziemlich echt aus«, kommentierte Sören die Aufnahmen, die mit entsprechenden Kommentaren wie *Super, da wäre ich jetzt auch gerne, Voll krass dein Leben* oder *Dein Kleid ist total sexy* versehen waren.

»In den sozialen Netzwerken dürfte es kaum ein Bild geben, das nicht nachbearbeitet oder sogar total gefakt wurde«, belehrte Heike ihn, bevor sie fragte: »Sind Sie sicher, dass Anke überhaupt im Hansekönig arbeitet?«

»Im Hintergrund ist doch immer wieder das Logo zu erkennen.« Während Sören sich zum Laptop beugte, um sie darauf aufmerksam zu machen, rieb Heike die Fesseln schneller und fester über die Verstrebung und drückte dann die Hände auseinander – aber die Schnur hielt.

»Haben Sie Silke jemals im Hotel besucht?«

»Nee, ich war im Sudan. Zudem hatte ich kein Interesse an ihr.«

»Rufen Sie doch einfach mal im Hansekönig an und fragen dort nach Silke Kunzmann.«

»Warum sollte ich das machen? Die ist doch auf Borkum.«

»Um sich zu vergewissern, dass Silke überhaupt dort arbeitet. Das Telefon steht im Wohnzimmer.« Heikes Herz raste. Wenn ihr Widersacher das Zimmer verließ, konnte sie die Zeit für ihre Befreiungsaktion nutzen.

»Ich habe doch mein Handy.« Zu ihrer Enttäuschung zückte er sein Mobiltelefon und suchte sich im Internet die Telefonnummer des Hotels heraus. Wenige Augenblicke später tippte er die Nummernfolge in das Gerät ein und stellte es auf Lautsprecher, damit Heike mithören konnte. Sein Anruf wurde nach dem vierten Klingeln entgegengenommen.

»Hotel Hansekönig. Wie kann ich Ihnen behilflich sein?«, säuselte eine Frauenstimme aus dem Hörer.

Er räusperte sich. »Guten Tag. Ich hätte gerne mit Frau Silke Kunzmann gesprochen.«

»Ist die Dame ein Gast unseres Hauses?«

»Nein, Kunzmann ist die Hausdame des Hotels. Die Führungsriege sollten Sie eigentlich kennen.«

»Ich arbeite noch nicht so lange hier. Wenn Sie einen Moment Geduld haben, stelle ich Sie zu meinem Kollegen durch. Der kann Ihnen sicherlich weiterhelfen.«

Bevor Sören dagegen protestieren konnte, hatte sie seinen Anruf bereits in eine Warteschleife gedrückt. Nach einer Minute musikalischer Untermalung mit Mozarts *Kleiner Nachtmusik* meldete sich ein Mitarbeiter. »Personalabteilung, Schafert mein Name. Meine Kollegin sagte mir, dass Sie nach Frau Kunzmann gefragt hatten.«

»Das ist richtig. Können wir die Dame sprechen?«

»Bedaure. Frau Kunzmann arbeitet nicht mehr bei uns.«

»Seit wann das denn?«

»Weitere Auskünfte kann ich Ihnen leider nicht geben. Ich wünsche Ihnen einen schönen Tag.« Schafert beendete das Gespräch.

Sören sah Heike, die während des Telefonats ihre Fesseln mit schnellen Bewegungen an der Stuhllehne gerieben hatte und nun wieder stocksteif vor ihm saß, erstaunt an. »Silke ist eine verdammte Aufschneiderin.«

»Demnach wird sie zumindest einen Teil der Bilder gefälscht haben, denn ohne Job kann sie sich kein Luxusleben leisten. Selbst mit ihrem Einkommen als Hausdame dürfte es schwierig werden. Könnte sie sich von einem Sugardaddy aushalten lassen?«

»Wäre möglich.« Sören zuckte mit den Achseln.

»Vielleicht schuldet sie den falschen Leuten Geld und hat deshalb …?«

»… ihre Schwester als Auftragsmörderin umgebracht? Du schreibst eindeutig zu viele Krimis.« Ihr Kidnapper schüttelte den Kopf.

»Wer wird denn Ankes Vermögen erben?«

»Vermögen?« Sörens Lachen klang wie das Bellen eines Hundes. »Da wird nicht viel zu holen sein. Zudem gehe ich davon aus, dass sie ihrem Sohn alles hinterlassen hat und das Erbe bis zu seinem achtzehnten Geburtstag treuhänderisch verwaltet wird.«

»Wenn Silke ihre Stiefschwester nicht wegen des Geldes getötet hat, dann kann es nur wegen der Band gewesen sein.«

»*Olde Düne* hat finanziell doch kaum etwas eingebracht.«

»Bisher nicht, das stimmt. Anke soll allerdings einen lukrativen Plattenvertrag abgelehnt haben, dem alle anderen Musiker zugestimmt hätten.«

»Das wusste ich nicht. Demnach hätte Stefan seine Lebensgefährtin nicht aus Eifersucht, sondern wegen seiner Karriere getötet haben können.«

»Nicht Stefan, sondern Silke. Erwähnten Sie nicht, dass sie auch Sängerin werden wollte?«

»Willst du mir damit etwa sagen, dass sie Anke umgebracht hat, um bei *Olde Düne* einzusteigen? Das würde … oh mein Gott. Sie wird die Waffe bei ihrem Besuch in meiner Pension versteckt haben, um mir den Mord anzuhängen.«

»Woher wusste Heike denn, dass Sie überhaupt auf der Insel sind?«

»Keine Ahnung. Letzten Endes ist es auch egal, weil mir die Polizei ohnehin nicht glauben wird. Mit meiner überstürzten Flucht habe ich alles noch viel schlimmer gemacht.«

»Noch können Sie sich stellen.« Heike schöpfte neuen Mut.

»Dazu ist es zu spät.« Sören stand auf, ging zum Kühlschrank und griff nach der im Türfach stehenden Milchpackung. Mit dem Rücken zu ihr stehend, trank er einige Schlucke.

Die Buchhändlerin nutzte die Ablenkung, rieb ihre Fesseln wieder an der Rückenlehne und drückte die Arme dann mit aller Kraft auseinander. Dabei schnitt das Paketband in ihre Haut und sie presste die Lippen zusammen, um einen Schmerzenslaut in sich zu ersticken. Heike ließ sich davon aber nicht beirren, sondern atmete tief ein und versuchte es ein weiteres Mal. Als das Paketband riss und die Fesseln zu Boden fielen, sprang sie auf und griff nach dem Messer, dessen Klinge noch immer in der Tischplatte steckte.

»Was zur Hölle …« Der Kidnapper drehte sich in dem Moment zu ihr um, als ihre Finger den Griff umfassten. Er ließ die Milchtüte fallen und stürzte sich auf sie.

Mastbruch

Borkum, August

»Schön, dass du dich mal wieder in der Polizeistation sehen lässt«, grummelte Hansen, als sein Kollege das Büro betrat. »Wo warst du denn in den letzten beiden Stunden?«

»Ich habe mir eine frische Brise um die Nase wehen lassen und dir ein Fischbrötchen gekauft.« Jan reichte ihm die Tüte, die er entgegennahm.

»Matjesbrötchen. Die mag ich am liebsten.« Der Hauptkommissar legte den kalten Zigarrenstumpen in seinen auf dem Schreibtisch stehenden Aschenbecher, nahm das Brötchen heraus und biss herzhaft hinein.

»Gibt es etwas Neues?« Sein Kollege sah ihn mit großen Augen an.

Hansen kaute und schluckte, bevor er antwortete. »Leider nicht. Die Kollegen vom Festland sind unverrichteter Dinge wieder abgereist, da sie in der Dunkelheit ohnehin nichts finden werden. Sören ist immer noch auf freiem Fuß.«

»Demnach stehen wir mit leeren Händen da. Bist du sicher, dass Mattes beim Jugendamt in guten Händen ist? Der arme Junge muss nach dem Tod seiner Mutter total verstört sein.«

»Was hätten wir denn machen sollen?« Hansen zog einen Zwiebelring aus dem Fischbrötchen und steckte ihn in den Mund. »Nach Sörens Flucht ist die Gefahr einer Entführung weiterhin gegeben. Zudem können wir Stefan als Täter noch immer nicht ausschließen. Willst du den Jungen etwa bei einem mutmaßlichen Mörder lassen?«

»Natürlich nicht!« Jan schlurrte zu seinem Schreibtisch und ließ sich auf den Stuhl fallen. »Auf der Strandpromenade herrscht eine gespenstische Stille, fast alle Spaziergänger schweigen oder unterhalten sich nur flüsternd. Selbst aus den Gastronomien ist kaum ein Wort zu hören, dort werden fast nur Songs von *Olde Düne* gespielt. Der Musikpavillon gleicht inzwischen einem Mausoleum. Drei Journalisten haben mir ihre Mikrofone vor die Nase gehalten, zwei davon sind mir bis zur Polizeistation gefolgt. Wenn wir in der Presse nicht wie Vollpfosten dastehen wollen, sollten wir den Fall schnellstens aufklären.«

»Das ist mir klar!« Hansen biss erneut von seinem Fischbrötchen ab. Während des Kauens taxierte er Jan aus zusammengekniffenen Augen. Nach dem Schlucken fuhr er fort: »Mit Kalle, Stefan und Sören haben wir bisher drei Verdächtige, von denen jeder ein Mordmotiv, aber nur einer ein Alibi hat.«

»Der Gitarrist könnte einen Auftragsmörder engagiert haben, um Anke aus dem Weg zu schaffen, damit *Olde Düne* den Plattenvertrag unterzeichnen und mit einer neuen Sängerin weitermachen kann.«

»Diese Möglichkeit hatten wir bei Kalle doch schon weitestgehend ausgeschlossen.« Der Hauptkommissar zog die Brauen hoch. »Wir sollten Zellner einmal unter die Lupe nehmen, schließlich profitiert auch er von einem Plattenvertrag. Hast du schon Informationen zu dem Musiker zusammengetragen?«

»Wann hätte ich das denn machen sollen?« Jan hackte auf seine Tastatur ein.

»Du hättest dir während deines Spaziergangs zumindest Gedanken darüber machen können.«

»Ich musste einfach mal runterkommen, okay?«, giftete sein Kollege.

»Das scheint dir aber nicht gelungen zu sein. Du bist immer noch so ausgeglichen wie ein Stier in der Arena. Hast du die Sache mit Heike geklärt?«

»Yep«, antwortete Jan knapp, ohne dabei den Blick vom Bildschirm zu nehmen.

»Gut, dann kannst du dich hoffentlich wieder auf die Ermittlungen konzentrieren. Während ich Zellner einen Besuch abstatte, hältst du hier die Stellung.«

»Weshalb kann ich die Vernehmung nicht durchführen?«

»Weil du den Schlagzeuger in deiner jetzigen Stimmung wahrscheinlich vermöbeln würdest, wenn dir seine Antworten nicht gefallen. Das Risiko kann ich keinesfalls eingehen.«

»Du weißt genau, dass ich einem Verdächtigen niemals Gewalt antun würde.« Jan haute so fest auf die elektronische Maus, als wollte er sie wie ein lebendes Tier erschlagen.

»Es wäre nett, wenn du während meiner Abwesenheit nicht das gesamte Inventar zerlegen würdest.« Hansen schlüpfte in seine unter dem Schreibtisch stehenden Clogs, zog sich den Friesennerz über und ging aus dem Gebäude, wo er von zwei Journalisten erwartet wurde.

»Was können Sie uns zum Stand der Ermittlungen sagen?« Ein schmächtiger Mann mit zurückgekämmten Haaren hielt ihm das Mikrofon wie eine Waffe entgegen.

»Kein Kommentar!« Der Hauptkommissar ignorierte die Pressevertreter und öffnete das Schloss seines E-Bikes.

»Steht der Mord im Zusammenhang mit dem Plattenvertrag von *Olde Düne*?« Eine junge Frau mit modischem Kurzhaarschnitt folgte ihm.

»Schiet ok. Welchen Teil von *Kein Kommentar* haben Sie nicht verstanden?« Hansen schob den Zigarrenstumpen in den linken Mundwinkel und wollte sich gerade auf sein Rad schwingen, als der Schmächtige sich ihm in den Weg stellte.

»Die Leser haben ein Recht auf die Wahrheit!«

»Wahrheit?« Der Hauptkommissar dehnte das Wort wie Kaugummi. »Die meisten Ihrer Kollegen können den Begriff nicht einmal buchstabieren. Für eine höhere Auflage drehen die Schreiberlinge einem doch das Wort im Munde herum. Informationen zum Stand der Ermittlungen bekommen Sie über die Pressestelle der Polizeiinspektion Leer/Emden. Wenn Sie mich jetzt bitte entschuldigen wollen.«

»Können wir denn mit Ihrem Kollegen reden? Wir haben ihn vorhin in das Gebäude gehen sehen.«

»Würden Sie freiwillig zu einem ausgehungerten Bluthund in den Zwinger steigen?«

»Natürlich nicht.«

»Dann würde ich an Ihrer Stelle ins Hotel zurückkehren. Schönen Abend noch.« Hansen trat in die Pedale und radelte zum *Dünengrab*, einer Kneipe in der Nähe des Südstrandes, die Zellners Vater gehörte.

Vor der Gastwirtschaft stellte er sein Fahrrad ab und betrat den Innenraum. Die wenigen Gäste unterhielten sich leise, aus den Lautsprechern war ein Shanty-Chor zu hören, der mit getragenen Stimmen das Liebesleid eines Matrosen beklagte. Die Stimmung in der bei Urlaubern beliebten Kneipe glich der auf einer Beerdigung. Die meisten Gäste hockten schweigend vor ihren Gläsern. Hinter der Theke stand ein Mann mit schütterem Haar und einem gewaltigen Bierbauch. Der Hauptkommissar ging zu ihm und setzte sich auf einen freien Barhocker.

»Moin Ragnar, bist du beruflich hier oder privat?« Der Wirt trocknete ein Glas ab und hängte es in die Vorrichtung über dem Zapfhahn.

»Wenn du wissen willst, ob ich Wasser oder Bier trinken möchte, entscheide ich mich für ein kühles Blondes.«

»Da ich dich noch nie mit einem Glas Wasser gesehen habe, hatte ich eher an Bier oder Rum gedacht.« Zellner lächelte, aber nur wenige Augenblicke später fielen seine Mundwinkel wieder nach unten, als würden sie von der Schwerkraft in die Tiefe gezogen.

»Wasser ist für Fische«, grummelte Hansen und fuhr dann fort: »Ich muss mit deinem Sohn sprechen. Ist er hier?«

»Er ist oben in seinem Zimmer. Bernhard ist vollkommen fertig.« Der Vater deutete mit einem Kopfnicken zum oberen Stockwerk, in der die Familie wohnte, und zapfte dann Hansens Bier.

»Das kann ich gut verstehen. Im Rahmen meiner Ermittlungen muss ich ihm ein paar Fragen stellen. Willst du ihn runterholen oder soll ich zu ihm gehen?«

»Geh ruhig hoch. Sag dem Bengel, dass er mich in einer halben Stunde ablösen soll.« Er stellte das frisch gezapfte Bier auf die Theke.

Nachdem Hansen sein Glas mit wenigen Schlucken gelehrt hatte, fuhr er sich mit dem Handrücken über den Mund und zahlte. Dann stand er auf und schritt durch die Schwingtür hinter der Theke in einen schmalen Flur. Von dort aus konnte er in die Küche sehen, in der sich die Mutter des Schlagzeugers um die Mahlzeiten kümmerte, die im *Dünengrab* aus Frikadellen und Bratwürsten mit Kartoffelsalat oder belegten Käsestullen bestanden.

»Moin Ragnar«, grüßte sie ihn und wischte sich die Hände an der Schürze ab. »Willst du zu unserem Jungen?«

»Jo.« Er winkte ihr zu und stieg über die Treppe in den ersten Stock, aus dem ihm laute Rockmusik entgegenschallte. Das Zentrum des Krachs war hinter der zweiten Zimmertür. Da niemand auf sein Klopfen reagierte, trat er ein.

Bernhard bemerkte seine Anwesenheit nicht, da er mit dem Rücken zu ihm vor seinem Computer saß und gebannt auf den Monitor starrte – auf dem eine Frau zu sehen war, die vor einer Horde Zombies floh. Aus der Stereoanlage knallten im Stakkato gespielte Riffs, zu denen sich ein Sänger die Seele aus dem Leib brüllte.

»Moin Bernhard«, grüßte der Hauptkommissar. Da der Musiker darauf nicht reagierte, schritt er zur Stereoanlage und schaltete diese aus.

Zellner fuhr herum. »Was soll der Scheiß?«

Hansen musterte den jungen Mann. Die halblangen Haare umrahmten ein blasses Gesicht mit dunklen Augenringen. Sein T-Shirt war zerknittert, als hätte er darin geschlafen.

»Du hast mich nicht gehört. Wie du dir sicher denken kannst, habe ich ein paar Fragen zu Ankes Tod. Zudem …« Ein grauenvoller Schrei ließ ihn verstummen. Auf dem Bildschirm fielen die Untoten nun über die am Boden liegende Frau her.

»Na toll, jetzt kann ich das ganze Level noch einmal spielen«, beschwerte sich der Drummer.

»Statt deine Zeit mit diesem Mist zu verschwenden, solltest du lieber etwas Sinnvolles tun. Da dich dein Vater in einer halben Stunde unten erwartet, werde ich mich so kurz wie möglich fassen. Ist dir bei eurem letzten Auftritt etwas Besonderes aufgefallen?«

»Abgesehen von der Tatsache, dass unsere Sängerin erschossen wurde?«

»Jo.«

»Mein Schlagzeug stand im hinteren Teil des Musikpavillons, von daher habe ich nur Kalle und Anke gesehen. Das Publikum war aus meiner Perspektive wie eine bunte Kulisse, in der ich keine einzelnen Personen erkannt habe. Da die Show zudem schwierig zu spielen war, weil Stefans Bass-Spuren vom Band kamen und ich mir nicht den kleinsten Fehler erlauben durfte, habe ich mich auf mein Instrument konzentriert und von den Zuschauern kaum etwas mitbekommen.«

»Das habe ich mir gedacht.« Der Hauptkommissar sah sich in dem Zimmer um. Auf dem Boden lagen achtlos hingeworfene Kleidungsstücke, zwei Pizzakartons und einige Comics. Die Wände waren mit Postern langhaariger Rockmusiker und leicht bekleideter junger Frauen tapeziert. »Was passiert jetzt mit eurer Band?«

»Wir suchen eine neue Sängerin. Kalle hat angeblich schon eine heiße Braut mit einer Wahnsinnsstimme abgecheckt, die unbedingt bei uns einsteigen will.«

»Wie heißt die Dame denn?«

»*Piratenbraut.*«

»Piratenbraut, echt jetzt?« Hansen lehnte sich an die Schreibtischkante.

»Ihren bürgerlichen Namen kenne ich nicht. Sie spielt in einer Hamburger Band namens *Mastbruch.* Ich zeige Ihnen einen Videoclip.«

Zellners Finger flogen über die Tastatur und wenige Augenblicke später erblickte der Hauptkommissar vier Musiker auf einer Bühne, die allesamt als Piraten verkleidet waren. Die Gesichter hatten sie hinter Masken versteckt, das Bühnenoutfit schienen sie in einem Geschäft für Faschingskleidung erstanden zu haben. Hinter dem Schlagzeuger war ein Banner zu sehen, das ein Segelschiff mit einer Totenkopfflagge zeigte. Darunter war das Wort *Mastbruch* zu lesen, dessen Buchstaben wellenförmig zur Seite kippten, als würde der Zweimaster darauf segeln.

»Das ist die Piratenbraut.« Er deutete mit dem Zeigefinger auf eine Frau mit wallender Mähne in kupferroter Farbe, bei der es sich um eine Perücke zu handeln schien. Die Musik klang scheppernd aus den Computerboxen. Die Stimme war unangenehm schrill und ging in höheren Tönen in ein Krächzen über.

»Der Sound ist voll mies, weil dieses Video mit einem Smartphone gemacht wurde.«

»Gibt es denn keine professionellen Aufnahmen?«

»Dazu reicht das Budget von *Mastbruch* anscheinend nicht. Die Band hat noch nicht einmal einen professionell gefilmten Song online und tingelt seit Jahren durch Hamburger Kneipen, ohne auch nur einen Schritt weitergekommen zu sein.«

»Demnach würde sich die Sängerin mit einem Wechsel zu *Olde Düne* deutlich verbessern.«

»Alter, das ist doch klar. Mit dem Plattenvertrag werden wir in die Charts einsteigen.«

»Woher kennt Kalle die Piratenbraut denn?«

»Die hat ihn auf unserer letzten Tour wegen des Jobs am Mikro angequatscht, aber damals war Anke noch fest in der Band.«

»Ab wann war sie denn nicht mehr … fest in der Band?«, hakte der Hauptkommissar sofort nach.

»Nach der Ablehnung des Plattenvertrages hat Kalle sich nach einer neuen Sängerin umgesehen.«

»Das dürfte Anke aber nicht gefallen haben.«

»Die wusste nichts davon. Stefan hat er auch nichts von seiner Suche erzählt, weil der sich sofort auf ihre Seite geschlagen hätte.«

»Was ist mit dir?«

»Ich arbeite auch mit einer neuen Sängerin. Wenn ich als Profimusiker Geld verdienen will, kann ich mir diesen Vertrag keinesfalls entgehen lassen.«

»Demnach spielt dir Ankes Tod also in die Karten.« Hansen ließ den jungen Mann bei dieser Aussage nicht aus den Augen.

»Mit ihrer Ermordung habe ich nichts zu tun.« Zellner hob die Hände, als wollte er sich ergeben. »Schließlich habe ich ein Alibi.«

»Du könntest einen Auftragsmörder auf Anke angesetzt haben. Vielleicht hat auch die *Piratenbraut* ihre Konkurrentin aus dem Weg geräumt.«

»Das ist doch Bullshit«, ereiferte sich der Schlagzeuger.

»Bist du sicher?« Der Hauptkommissar baute sich vor dem jungen Mann auf.

»Logisch. Ihr Verdacht klingt wie eine voll abgefahrene Krimihandlung.«

»Kennt Kalle den bürgerlichen Namen der Piratenbraut?«

»Keine Ahnung. Warum fragen Sie ihn nicht einfach?«

»Kannst du ihn anrufen und herbestellen?« Hansen reckte das Kinn vor.

»Bin ich Ihr Hilfssheriff oder was?«

»Du bist ein Tatverdächtiger. An deiner Stelle würde ich die Polizei bei der Aufklärung des Falles bedingungslos unterstützen.«

Im ersten Moment schien der Schlagzeuger protestieren zu wollen, aber dann griff er sich das neben seiner Tastatur liegende Smartphone und tippte auf eine im Kurzwahlverzeichnis hinterlegte Nummer.

»He Kalle, der alte Hansen will etwas zur Identität der Piratenbraut wissen. Melde dich bei mir, wenn du deine Mailbox abhörst. Du kannst die Bullen auch direkt anrufen.« Er beendete das Telefonat.

»Der alte Hansen? Bullen?« Der Hauptkommissar runzelte die Stirn.

»Sorry, war nicht so gemeint.«

»Dann ist ja gut. Sonst hätte ich dich wegen Beamtenbeleidigung einbuchten müssen.«

»Geht das denn so einfach?«

»Willst du es herausfinden?« Hansen griff nach seinen Handschellen.

»Besser nicht.« Zellner sah zu Boden.

»Halte dich zu unserer weiteren Verfügung.« Der Hauptkommissar nickte dem Musiker zu und kehrte in die Gaststube zurück.

»Noch ein Bier für den Heimweg?« Ohne eine Antwort abzuwarten, stellte der Wirt ein Glas unter die Zapfanlage.

»Heute nicht, ich habe noch viel zu tun. Wir sehen uns.«

Hansen machte sich auf den Weg zum Gitarristen, der auf sein Klingeln aber nicht reagierte. Hoffentlich war Kalle nicht untergetaucht.

Mit einem mulmigen Gefühl im Bauch radelte der Hauptkommissar zur Polizeistation und stellte seinen modernen Drahtesel dort ab.

Die Journalisten waren verschwunden. Passanten bummelten durch das Inselzentrum und betrachteten die Schaufensterauslagen. Viele von ihnen würden den Tag bei einem herben Bier oder einem Glas Wein ausklingen lassen. Auf ihn hingegen wartete eine weitere arbeitsreiche Nacht.

»Kennst du eine Band namens *Mastbruch*?«, fragte der Hauptkommissar seinen Kollegen, der noch immer wie ein Berserker auf seine Tastatur einhämmerte, und hängte dann seinen Friesennerz an die Garderobe.

Jan sah auf. »Nie gehört.«

»Die Sängerin soll bei *Olde Düne* einsteigen. Zellners Aussage zufolge hatte der Gitarrist bereits vor Ankes Tod Kontakt zu ihr aufgenommen.«

»Dann sollten wir uns die Frau mal vornehmen. Wie heißt sie denn?«

»Piratenbraut.«

Der Kollege riss die Augen auf. »Soll das ein Künstlername sein?«

»Jo. Kannst du ihre wahre Identität herausfinden? Du kannst mit diesen Daddelkisten doch ganz gut umgehen.« Hansen deutete auf den Computer.

»Mal sehen, was ich tun kann. Inzwischen habe ich übrigens festgestellt, dass Burkard unter Ankes Namen eine neue Mailadresse eingerichtet hat.«

»Er steht als Verdächtiger weiterhin ganz oben auf unserer Liste. Ich mache mir erst einmal einen Kaffee. Willst du auch eine Tasse?«

»Deine Brühe ist ungenießbar.«

»Ist auch ein Männerkaffee und nichts für Weicheier.« Der Hauptkommissar verschwand in der Küche.

Als er mit seinem Heringsbecher an den Platz zurückkehrte, war Jan so in seiner Arbeit versunken, dass er nicht einmal aufblickte. Hansen checkte seine Mails, die allerdings keine relevanten Informationen zu den laufenden Ermittlungen enthielten.

Er trank einen Schluck von dem koffeinhaltigen Getränk und dachte nach. Sollte das Mordmotiv nicht in Sörens Eifersucht, sondern in der Sängerin von *Olde Düne* zu finden sein, konnte er Ankes Ex aus den Ermittlungen ausschließen. Dann aber hätte er die Tatwaffe nicht bei ihm finden dürfen.

Silke war vor etwa einer Stunde hier.

Diese Aussage hatte Sören bei seinem ersten Besuch in der Pension gemacht. Bisher hatte Hansen ihr keine Bedeutung zugemessen, weil er Ankes Stiefschwester als Täterin nicht in Betracht gezogen hatte. War sie bei Sören gewesen, um die Tatwaffe zu verstecken und ihm damit den Mord in die Schuhe zu schieben? Aber welchen Grund sollte eine Hausdame, die in einem Luxushotel arbeitete, dafür haben?

Da sie Mattes sicherlich nicht adoptieren wollte und beim Erbe bestimmt auch nicht viel zu holen war, gab es kein erkennbares Mordmotiv. Zudem hatte sie ein Alibi für die Tatnacht.

Er musste diese geheimnisvolle Sängerin finden und …

»Erwischt!« Jan ballte die rechte Hand zur Faust und reckte diese in die Luft.

»Hast du die Piratenbraut gefunden?«

»Yep. Das Bild ist etwas unscharf, aber ihr Gesicht darauf gut zu erkennen. Rate mal, wer sich hinter der Maskerade verbirgt.«

»Ich bin nicht in Stimmung für Ratespielchen.« Der Hauptkommissar stand auf und sah seinem Kollegen über die Schulter. Auf dem Computermonitor war das Standbild einer Videoaufzeichnung zu sehen, die anscheinend mit einer versteckten Kamera aufgenommen worden war. »Das darf doch nicht wahr sein.« Fassungslos betrachtete er das Gesicht von Silke Kunzmann und fragte dann: »Was ist das für eine Aufzeichnung?«

»Aus einer Überwachungskamera in einem Hamburger Stripclub, in dem *Mastbruch* aufgetreten ist. Da der Besitzer den Umkleideraum mit einer Überwachungskamera ausgestattet hat, kennen wir nun alle Gesichter der Bandmitglieder. Silke Kunzmann will bei *Olde Düne* als Sängerin einsteigen.«

»Warum sollte sie ihren Job für den Posten in einer Rockband aufgeben?«

»Keine Ahnung. Warum fragen wir sie nicht einfach?«

»Gute Idee. Ich werde sie sofort vernehmen. Kannst du mir das als Bild ausdrucken?« Hansen deutete auf den Monitor. Wenige Augenblicke später stapfte er aus der Polizeistation und schwang sich wieder auf sein Fahrrad.

Messergriff

Borkum, August

Heikes Finger krallten sich um den Messergriff. Trotz des Kribbelns in ihren Händen, die nach der Fesselung wieder richtig durchblutet wurden, riss sie das Schneidewerkzeug aus der Tischplatte und stach blind nach ihrem Kidnapper, der sich mit einem Schrei auf sie gestürzt hatte. Sören wich ihrem Angriff geschickt aus und trat einen Schritt zurück.

Heike hielt ihm die scharfe Klinge entgegen. »Lassen Sie mich gehen«, verlangte sie.

»Das kann ich leider nicht. Da du mit deinen gefesselten Füßen ohnehin nicht entkommen kannst, solltest du mir besser das Messer geben, bevor ich ernsthaft böse werde.«

»Niemals.« Heike machte einen Trippelschritt zurück – mehr Spielraum hatte sie nicht. Da sie auf diese Weise unmöglich fliehen konnte, musste sie sich etwas einfallen lassen.

Wenn sie sich bückte, um die Kordel mit dem Messer zu zerschneiden, würde er sie sofort überwältigen. Da sie auch das hinter ihr befindliche Küchenfenster nicht öffnen konnte, ohne ihm die Möglichkeit eines Angriffs zu geben, musste sie ihn entweder unschädlich machen oder an ihm vorbei zur Tür gelangen.

»Du kommst hier nicht raus.« Er schien ihre Gedanken erraten zu haben.

Statt einer Antwort scannte Heike die Küche, als würde sie den Raum zum ersten Mal sehen. Da sie hinter dem Tisch stand, der mit der linken Seite an die Wand gerückt war, musste sie an der anderen Seite vorbei. Dort befand sich die Küchenzeile mit Kühlschrank, Herd, Spüle und Arbeitsfläche. Direkt neben ihr war ein Hochschrank, in dem neben Konserven und Einmachgläsern auch Mehl, Zucker, Kaffee, und Haferflocken lagerten. Damit konnte sie nichts anfangen, es sei denn …

Mit winzigen Schritten und ohne ihren Widersacher aus den Augen zu lassen, schob sie sich zur Schranktür und öffnete diese.

»Willst du dich etwa im Schrank verstecken?« Ihr Widersacher lachte höhnisch auf.

Seine Bemerkung ignorierend, warf Heike einen kurzen Blick hinein. Glücklicherweise stand die Mehltüte, die sie in der letzten Woche geöffnet hatte, ganz vorne.

Als sie mit der freien Hand danach griff, trat Sören einen Schritt näher. Heike wich nach hinten aus, wobei sie beinahe das Gleichgewicht verloren hätte. Gleichzeitig schlossen sich ihre Finger um die noch fast volle Mehlpackung und dann warf sie ihm diese ins Gesicht. Sekundenbruchteile später hüllte eine weiße Wolke seinen Kopf ein.

Während Sören sich das Mehl aus seinen Augen zu reiben versuchte, rammte sie ihm die Faust auf die Nase. Er taumelte und fiel mit einem Aufschrei nach hinten. Heike schnitt die Fesseln an ihren Füßen mit dem Messer durch und rannte zur Tür – aber sie war nicht schnell genug.

Seine Finger legten sich wie ein Stahlreif um ihren linken Knöchel. Heike trat wie ein störrischer Esel nach hinten aus. Ihre Gegenwehr schien ihn aber nur noch mehr anzustacheln, denn nun riss er ihren Fuß nach hinten. Heike konnte sich erst im letzten Moment an der Türklinke festhalten und einen Sturz auf diese Weise verhindern. Verzweifelt trat sie ein weiteres Mal zu und jetzt schien sie ihn getroffen zu haben, denn die Finger lösten sich und seine Hand erschlaffte. Heike riss die Tür auf, rannte in den Flur und dann aus dem Haus.

Atemlos lief sie durch die Dünen. Das Herz schlug wie eine Trommel in ihrer Brust und sie bekam Seitenstechen. Wenn sie in den letzten Jahren weniger geraucht und mehr Sport getrieben hätte, wäre sie schneller vorangekommen. Keuchend biss sie die Zähne zusammen, ignorierte das Seitenstechen und setzte einen Fuß vor den anderen. Bei jedem Schritt meinte sie, den heißen Atem ihres Verfolgers in ihrem Nacken zu spüren, aber sie drehte sich nicht um, sondern hetzte weiter durch die Dünen bis zur Strandpromenade. Von dort aus sprintete sie, die Schmerzen ihrer übersäuerten Muskulatur ignorierend, zum Inselzentrum.

Die Passanten, die ihr auf der alten Strandmauer entgegenkamen, betrachteten sie irritiert. In Höhe des *Café Sturmeck* strauchelte Heike und wäre gefallen, wenn sie ein Spaziergänger nicht rechtzeitig aufgefangen hätte. Der etwa vierzigjährige Mann, der mit zwei Freunden unterwegs war, setzte sie auf eine Bank.

»Was ist mit Ihnen? Sind Sie verletzt? Soll ich einen Rettungswagen rufen?«

»Polizei«, stammelte sie atemlos. »Ich muss … sofort … zur Polizei.«

»Wir rufen dort an.« Wenige Augenblicke später steckte der Unbekannte sein Handy in die Hosentasche zurück. »Der Beamte wollte sich sofort auf den Weg machen.«

»Danke.« Heike legte die Hände auf die Oberschenkel, beugte sich vor und japste nach Luft. Als sie Jan wenige Minuten später bemerkte, sprang sie auf und warf sich in seine Arme. Er drückte sie wortlos an sich.

Nachdem sich Heike etwas beruhigt hatte, bedankte sich Jan bei den Helfern und begleitete die Buchhändlerin zur Polizeistation.

»Was ist passiert?«, verlangte er zu wissen.

»Sören … hat mich in meinem … Haus überfallen.« Heike konnte noch immer nicht sprechen, ohne zwischendurch Luft holen zu müssen.

»Ich bringe dich erst einmal ins Krankenhaus.«

»Nein, ich bin … okay.«

»Hat dir der Mistkerl etwas angetan?«

»Gefesselt. Konnte dir nichts … sagen. Wurde … bedroht.«

»Schon klar.« Jan kniff die Lippen zusammen. »Dafür wird er bezahlen.«

»Sören … unschuldig. Silke hat … Anke getötet.«

»Diesem Verdacht gehen wir inzwischen nach. Hansen vernimmt sie gerade.«

»Silke könnte gefährlich sein.«

»Ich rufe ihn sofort an.«

Jan zückte sein Mobiltelefon, aber sein Anruf wurde nicht entgegengenommen.

Verhörmethoden

Borkum, August

»Ihre Anschuldigung ist grotesk. Ich habe meine Stiefschwester nicht umgebracht.«

Silke Kunzmann lief in ihrem Hotelzimmer auf und ab wie ein Raubtier in seinem Käfig.

»Sie haben mich wegen Ihres Jobs angelogen, denn Sie wurden bereits vor einiger Zeit gefeuert. Warum eigentlich? Haben Sie die Kaffeekasse geklaut?« Hansen, der neben der Tür an der Wand lehnte und auf seinem Zigarrenstumpen kaute, ließ die Verdächtige nicht aus den Augen.

Diese seufzte vernehmlich. »Der Chef hat herausgefunden, dass ich meinen Lebenslauf etwas aufgehübscht und auch keinen Universitätsabschluss habe. Das macht mich vielleicht zu einer Aufschneiderin, aber keinesfalls zu einer Mörderin.«

»Warum haben Sie mir nichts von Ihrer Band *Mastbruch* erzählt?«

»Sie haben nicht danach gefragt. Zudem ist diese Information für Ihre Ermittlungen irrelevant.«

»Welche Informationen für unsere Ermittlungen wichtig sind, haben nicht Sie zu entscheiden.« Seine Stimme duldete keinen Widerspruch.

Silke blieb unbeeindruckt mitten im Raum stehen. »Davon abgesehen, dass ich Anke niemals ein Haar gekrümmt hätte, kann ich sie nicht umgebracht haben, da ich in der Mordnacht in Hamburg gewesen bin. Haben Sie mein Alibi etwa vergessen?«

»Nein, aber meine Hamburger Kollegen werden Herrn Tormann in Anbetracht Ihrer Lügen noch einmal genauer unter die Lupe nehmen. Ein falsches Alibi ist kein Kavaliersdelikt.«

»Das ist mir klar.«

Dem Hauptkommissar entging die Unsicherheit in ihrer Stimme nicht.

»Ich hätte Sie nicht anlügen dürfen. Tut mir leid«, zeigte sich die Verdächtige ungewöhnlich friedfertig.

»Haben Sie mit Kalle wegen einem Einstieg bei *Olde Düne* gesprochen?«

»Ja.« Silke senkte den Kopf und musterte ihre Fußspitzen. »Wir sind uns bei der letztjährigen Tour von *Olde Düne* in Hamburg über den Weg gelaufen. Weil es anscheinend damals schon Zoff mit Anke gegeben hatte, haben wir uns über eine mögliche Zusammenarbeit unterhalten. Da ich eine ähnliche Stimme habe, hätte ich ihre Songs problemlos singen können.«

»Wusste Ihre Stiefschwester davon?«

»Ich habe ihr nie davon erzählt und gehe davon aus, dass auch Kalle die Klappe gehalten hat. Meines Wissens wusste sie nicht einmal, dass ich hinter der Maskerade der *Piratenbraut* stecke.«

»Demnach müssen Sie sich jetzt nur noch ins gemachte Nest setzen«, bemerkte Hansen süffisant. »Mit dem Plattenvertrag können Sie endlich die Karriere starten, von der Sie anscheinend schon immer geträumt haben.«

»Für Ihre Vermutung, dass ich Anke getötet haben soll, gibt es keinen Beweis. Wenn ich jetzt nicht festgenommen bin, würde ich gerne einen Strandspaziergang machen.«

»Hm.« Hansen musterte die Verdächtige mit eisigem Blick und ignorierte das vibrierende Mobiltelefon in seiner Hosentasche. »Wann haben Sie denn von Ankes Ermordung erfahren?«

»Keine Ahnung, irgendwann am frühen Morgen. Ich bin dann sofort zum Emder Hafen gefahren.«

»Wer hat Sie informiert?«

»Weiß ich nicht mehr so genau. Stefan, vermute ich.«

»Sie haben ein schlechtes Gedächtnis, denn bei Ihrem ersten Besuch in der Polizeistation sagten Sie mir, dass Kalle mit Ihnen gesprochen hätte.« Er steckte die Hände in seine Hosentaschen.

»Kann sein. Wozu ist das wichtig?«

»Es bestärkt meinen Verdacht, dass Sie mich weiterhin anlügen.«

»Ich kann Ihnen meine Fahrkarte zeigen.« Silke ging zu ihrer auf dem Bett liegenden Handtasche und hielt ihm wenig später das Ticket der Frühfähre vor die Nase. »Demnach bin ich erst am Morgen nach dem Mord nach Borkum gefahren.«

»Das beweist gar nichts«, grummelte Hansen, der die Aufschneiderin am liebsten festgenommen hätte. Leider fehlten ihm dazu Beweise und Zeugenaussagen.

»Mir reicht es jetzt«, giftete Silke. »Weitere Fragen wird Ihnen mein Anwalt beantworten.«

»Den werden Sie bestimmt noch brauchen«, prophezeite der Hauptkommissar, griff nach seinem erneut vibrierenden Handy und nahm das Telefonat entgegen. »Jan, du nervst. Kann man dich nicht mal für ein paar Minuten allein lassen? Zudem … was sagst du da? Ich komme sofort.« Er wandte sich zum Gehen.

Im Türrahmen drehte sich Hansen noch einmal um. »Wir sind noch nicht miteinander fertig«, drohte er Silke und verließ das Hotelzimmer.

In der Polizeistation fand er Heike Gessner auf einem der Besucherstühle sitzend vor. Jan hockte an seinem Schreibtisch und malträtierte die Tastatur.

»Was ist denn mit ihr passiert?«

»Sören hat Heike in ihrem Haus als Geisel genommen«, erläuterte Jan und sah auf.

»Du warst doch bei ihr. Wie konnte dir seine Anwesenheit entgehen?« Der Hauptkommissar schlüpfte aus seinem Friesennerz und hängte ihn an die Garderobe.

»Er konnte ihn unmöglich bemerken«, beantwortete Heike die Frage. »Ich habe Jan weggeschickt, weil ich angeblich krank war und meine Ruhe haben wollte.«

»Warst du deshalb so schlecht gelaunt?« Hansen schlurrte zu seinem Schreibtisch und ließ sich auf den Stuhl fallen, ohne seinen Kollegen dabei aus den Augen zu lassen.

»Ich bin einfach erledigt. Wir haben viel Arbeit«, wich dieser einer direkten Entgegnung aus.

»Schiet ok. Du hast dich in die Kleine verknallt. Das sieht doch ein Blinder mit Krückstock.«

»Ich habe …« Als Jan verstummte, sah der Hauptkommissar von ihm zur Buchhändlerin, die verstohlen grinste.

»… meine Gefühle jederzeit im Griff«, beendete sein Kollege den Satz nach einem Moment des Schweigens.

»Dein Verstand hat in deiner Hormonflut doch längst Schiffbruch erlitten«, wetterte Hansen und wandte sich dann an Heike. »Hast du dich schon ärztlich durchchecken lassen?«

»Mir geht es gut.«

»Dann möchte ich dich nicht erleben, wenn es dir schlecht geht. Du siehst aus wie eine wandelnde Leiche.«

»Ragnar, du verstehst es meisterhaft, einer Dame Komplimente zu machen. Kein Wunder, dass dich die Frauen umschwärmen wie Motten das Licht.«

»In deinem Alter war ich ein Mädchenschwarm und habe nichts anbrennen lassen. Damals …«

»Das will niemand so genau wissen«, winkte Jan ab und stand auf.

»Wo willst du hin?«, fragte Hansen.

»Sören verhaften. Ich wollte Heike während deiner Abwesenheit nicht alleine lassen. Da du jetzt bei ihr bist, kann ich den Kidnapper endlich festnehmen.« Ohne dass es ihm bewusst zu sein schien, ballte Jan bei diesen Worten die Hände zu Fäusten.

»Nichts da. In deiner jetzigen Stimmung wirst du dich wie ein ostfriesischer Rambo benehmen.«

»Wer um alles in der Welt ist Rambo?«

Hansen seufzte vernehmlich. »Eurer Generation fehlen echte Helden. Rambo ist ein Mann, der das Gesetz in die eigenen Hände nimmt und … he, hierbleiben habe ich gesagt.«

»Willst du deinen Kollegen nicht begleiten?« Heike deutete mit einem Kopfnicken zur Tür, durch die Jan gerade verschwunden war.

»Ich will dich ungern allein lassen.«

»In der Polizeistation wird mich Sören sicherlich nicht suchen.«

»Da ist was dran.« Der Hauptkommissar zeigte auf das Telefon, das auf dem Schreibtisch stand. »Meine Handynummer ist auf der Kurzwahltaste mit der Nummer 1 hinterlegt, die von Jan kennst du wahrscheinlich auswendig.«

»Yep. Pass auf dich auf. Sören ist gefährlich.«

»Ich weiß, wozu er in seiner Wut fähig ist.« Bei dieser Bemerkung dachte Hansen an seinen Einsatz wegen häuslicher Gewalt vor drei Jahren, als er eine völlig verängstigte Anke vor ihrem eigenen Ehemann schützen musste.

Wenige Augenblicke später eilte er seinem Kollegen hinterher. Da sie mit dem Wagen nicht durch die Dünen fahren konnten, nahmen die Polizisten ihre Räder, mit denen sie den Weg über die schmalen Pfade abkürzen konnten.

Die untergehende Sonne überzog die Dünenlandschaft mit einem goldenen Schimmer und zauberte ein wundervolles Gemälde in kräftigen Gelb-, Rot- und Orangetönen an den Himmel. Vorüberziehende Schleierwolken ließen das Naturschauspiel wie mit Aquarellfarben gemalt aussehen. Trotz der Farbenpracht hatte der Hauptkommissar allerdings den Eindruck, als hätte Ankes Tod einen dunklen Schleier über das Firmament gehängt. Die Beamten radelten so schnell wie möglich zum Haus der Buchhändlerin und stellten ihre Drahtesel dort ab.

»Die Haustür steht offen.« Jan presste sich an die Wand und zog seine Dienstwaffe.

»Was soll das werden? Ein SEK-Einsatz?« Hansen schüttelte den Kopf und trat in den Flur. »Sören, wenn du noch im Haus bist, solltest du besser keinen Blödsinn machen, denn mein Kollege versteht keinen Spaß.« Bei jedem Wort schob sich der Hauptkommissar mit dem Rücken zur Wand einen Schritt weiter, damit er nicht hinterrücks angegriffen werden konnte.

Wenige Minuten später hatten die Polizisten alle Räume durchsucht, aber der Kidnapper war verschwunden. In der Küche fanden sie nur einen mit Mehl bestäubten Boden vor, auf dem rote Flecken zu sehen waren.

Jan ging in die Hocke. »Das ist Blut.«

»Schlauschnacker«, kommentierte Hansen diese Feststellung und deutete auf weiße Fußabdrücke, die zum offen stehenden Fenster führten. »Wir müssen ihn finden, bevor es dunkel wird.«

Die Polizisten nickten sich zu und folgten der weißen Spur, die ein leichter Wind zum größten Teil bereits verweht hatte und die immer wieder von roten Flecken unterbrochen wurde.

»Mit seiner Verletzung kann er nicht weit kommen. Er ist …«

Der Hauptkommissar verstummte, als er ein Stöhnen hörte, das von hinter der vor ihm liegenden Düne zu kommen schien. Er legte den Zeigefinger auf seine Lippen und deutete mit einem Kopfnicken in die Richtung, aus der der Laut gekommen war.

Während Hansen das Ziel in einem rechten Bogen ansteuerte, ging Jan in die entgegengesetzte Richtung. Auf diese Weise wollten sie den Flüchtenden in die Zange nehmen. Wenige Augenblicke später fanden sie Sören.

Er hatte sich in einer von Strandhafer umwachsenen Sandmulde versteckt. Die Hände hielt er vor das Gesicht. Blut quoll zwischen seinen Fingern empor.

»Hände hinter den Kopf, aber zackig!«, befahl Jan und richtete seine Dienstwaffe auf ihn.

»Nimm das Ding runter.« Der Hauptkommissar drückte den Lauf der Pistole zu Boden und trat vor den Verletzten. »Sören, kannst du mich verstehen?«

Der Angesprochene nickte und nahm die Hände vom Gesicht. Haut und Haare waren noch weiß wie bei einem Pandabären. Seine roten Augen tränten, die Nase war zur Größe einer Kartoffel angeschwollen und blutete.

»Hiermit verhafte ich dich wegen des Verdachts des Mordes an Anke Burkard und der Geiselnahme von Heike Gessner. Bevor wir dich in ein Krankenhaus bringen, wird mein Kollege dir noch deine Rechte erläutern. Jan, du kannst dein Sprüchlein jetzt aufsagen.«

»Ich habe Anke nicht getötet.« Trotz der Verletzung war Sörens Blick klar.

»Warum bist du dann vor uns geflohen?« Hansen musterte ihn aufmerksam.

»Weil du mir kein Wort geglaubt hättest. Silke hat mir die Tatwaffe untergeschoben, ich habe nichts mit dem Mord zu tun.«

»Das werden unsere weiteren Ermittlungen zeigen. Momentan bist du dringend tatverdächtig. Warum hast du Gessner in ihrem Haus überfallen? Damit hast du alles noch viel schlimmer gemacht.«

»Weil mich niemand ausgerechnet bei der Bullenfreundin suchen würde. Silke will Sängerin von *Olde Düne* werden. Ich gehe davon aus, dass sie Anke deshalb umgebracht hat.«

»Das ist nur eine Vermutung. Zudem hat sie ein Alibi. Kannst du laufen oder sollen wir den Rettungsdienst informieren?«

»Geht schon. Heike hat mir nur die Nase gebrochen.«

»Du kannst froh sein, dass sie dich nicht zu einem Kuchen verarbeitet und in den Backofen geschoben hat.« Hansen half ihm auf, und gemeinsam mit Jan brachte der Hauptkommissar den Verdächtigen ins Krankenhaus.

Spurensicherung

Borkum, August

»Die Jungs von der Spurensicherung müssen eine Nachtschicht eingelegt haben.« Jan deutete am nächsten Morgen auf den Bericht, der den Polizisten wenige Minuten zuvor per Mail zugeschickt worden war. »Bei der Pistole handelt es sich zweifelsfrei um die Tatwaffe. Leider hat der Täter das Ding so gut gereinigt, dass keine Fingerabdrücke oder DNA-Spuren darauf zu finden sind. Ist noch etwas von dem Kaffee da?«

»Wirst du langsam erwachsen oder hast du in der letzten Nacht kein Auge zugetan?«

»Ich habe mich um Heike gekümmert und … hör gefälligst mit dem Grinsen auf.« Jan holte sich etwas von der ölig aussehenden Brühe aus der Kaffeemaschine und kehrte mit dem Becher ins Büro zurück.

»Warum hätte Sören alle Spuren auf der Waffe beseitigen sollen, nur um das Ding dann in seinem Zimmer zu verstecken?«

Jan trank einen Schluck und verzog das Gesicht. Das Gesöff schmeckte grauenvoller, als es aussah, aber es hielt ihn wach und nur darauf kam es an. »Vielleicht wollte er die Pistole noch entsorgen«, schlug er eine Lösung vor.

»Das macht keinen Sinn. Wenn er die Waffe direkt nach der Tat in einer Düne verbuddelt hätte, wäre sie für immer verschwunden gewesen.«

»Er könnte einen weiteren Mord geplant haben.« Jan kippte sich einen großen Schluck in den Rachen.

»Da ist was dran.« Hansen lehnte sich in seinem Stuhl zurück und schob die Daumen unter die Hosenträger. »An wen hattest du denn gedacht?«

»Stefan. Schließlich hat er ihm die Frau ausgespannt.«

»Die Beziehung zwischen Stefan und Anke begann erst nach der Scheidung«, wandte der Hauptkommissar ein.

»Bist du sicher?«, hakte Jan nach und blieb am Schreibtisch seines Vorgesetzten stehen.

»Jo. Wenn damals schon etwas zwischen den beiden gelaufen wäre, hätte Sören den Bassisten in seine Einzelteile zerlegt. Wenn Ankes Ex wütend war, hat er sich wie ein Bullterrier auf seine Gegner gestürzt. Für mich ist Sören ein Choleriker, der im Suff jemanden totschlagen könnte, aber kein Mörder, der seine Tat von langer Hand plant und kaltblütig durchzieht.«

»Demnach befindet er sich zu Unrecht in unserer Arrestzelle?«

»Nein, denn Sören hat nach seiner Rückkehr genug Mist gebaut. Zudem spricht die Beweislage trotz der fehlenden Spuren auf der Waffe gegen ihn. Die Kollegen vom Festland werden ihn daher noch heute in die U-Haft bringen.«

»Was ist mit unserem Auftragskiller-Ermittlungsansatz?« Jan schluckte den restlichen Kaffee heldenhaft hinunter und schüttelte sich wie nach einem scharf gebrannten Schnaps.

»Theoretisch möglich, aber ich denke nicht, dass jemand aus der Band einen Mörder beauftragt hat. Zudem ist eine solche Tat schwierig zu beweisen. Silke würde ich den Mord am ehesten zutrauen, aber die hat bisher ein Alibi. Bei vielen Fällen habe ich nicht einmal einen einzigen Verdächtigen, und hier geben sich die potentiellen Täter regelrecht die Klinke in die Hand.«

»Was wollen wir jetzt machen?«

»Videos und Fotos des letzten Konzertes sichten. In den vergangenen beiden Tagen haben wir von den Fans unzählige Mails mit Dateianhängen bekommen. Wir werden uns jede Datei ansehen und auswerten.«

»Das klingt nach Überstunden.«

»Dann solltest du dich besser an die Arbeit machen.«

Drohnenflug

Borkum, August

Tjark Vosner betrachtete die Drohne, die vor ihm auf dem Schreibtisch lag. Da das mit einer Kamera ausgestattete Fluggerät nach dem abrupten Ende des Konzertes in eine Windbö geraten und über einer Düne abgestürzt war, hatte der Dreiundzwanzigjährige zunächst danach suchen müssen. Glücklicherweise hatte er das Ding gefunden, bevor die Polizisten darauf aufmerksam werden konnten.

Ohne die laufenden Ermittlungen hätte er das letzte Konzert von *Olde Düne*, für das die Fans sicherlich viel Geld auf den Tisch legen würden, längst auf eine DVD gepresst und im Internet verkauft.

Der Aufforderung der Polizei, alle während des Konzertes gemachten Aufnahmen für die Ermittlungen zur Verfügung zu stellen, würde er keinesfalls nachkommen. Warum sollte er den Bullen die Information über den Täter für lau anbieten, wenn er vom Killer eine Menge Geld für das Video bekommen konnte?

Die Idee einer Erpressung war Tjark erst gestern gekommen und er hatte mehrere Stunden gebraucht, um sich ein Nummernkonto einzurichten, auf das der Mörder die Kohle überweisen sollte.

Mit aufgerissenen Augen und so weit vorgebeugt, dass seine Nase den Computermonitor beinahe berührte, sah Tjark sich das Video erneut an. Als eine Person urplötzlich hinter der Werbetafel eines Getränkestandes hervortrat und eine Pistole auf die Sängerin richtete, stoppte er den Film und vergrößerte das Standbild. Obwohl das Foto bei der Vergrößerung etwas grobkörniger wurde, war das Gesicht gut zu erkennen.

Er speicherte das Standbild auf seinem Rechner und ließ die Aufnahme dann weiterlaufen. Atemlos betrachtete er kurz darauf, wie die Gestalt ihre Waffe abfeuerte, sich dann umdrehte und in der Menge verschwand.

Wenn er dieses Video an die Polizei schickte, würde er in der Öffentlichkeit wie ein Held gefeiert werden – aber davon konnte er sich nun einmal nichts kaufen. Eine Erpressung hingegen würde viel Geld in seine chronisch klamme Kasse spülen.

Er ließ das Bild der Mörderin durch ein Gesichtserkennungsprogramm laufen. Kurz darauf sah er eine *Silke Kunzmann* vor sich, die in den sozialen Netzwerken omnipräsent war. Den Fotos nach schien sie genug Kohle zu haben, um die dreihunderttausend Euro, die er für die Datei verlangen würde, zahlen zu können.

Wenig später hatte er ihr über *Facebook* eine Nachricht geschrieben, nach der sie eine bestimmte Telefonnummer anrufen sollte, wenn sie weiterhin in Freiheit leben wollte. Das zu der Nummer gehörige Prepaidhandy hatte er vor zwei Jahren gekauft, um mit seiner damaligen Freundin – einer sechzehnjährigen Schülerin, deren Smartphone von den Eltern überwacht wurde – ungestört kommunizieren zu können.

Da diese die Beziehung aber beendet hatte, bevor er ihr das Ding in die Hand drücken konnte, hatte er das Gerät in die Schublade gelegt. Nun würde es ihm gute Dienste leisten. Jetzt musste er nur noch auf einen Anruf warten, der ihn zu einem reichen Mann machen würde.

Erpressung

Borkum, August

Silke Kunzmann warf den Rollkoffer auf das Bett und legte ihre Kleidungsstücke hinein. Sie wollte die Insel mit der ersten Fähre des nächsten Tages verlassen. Als Grund für die Abreise würde sie ihre Fürsorge um Mattes angeben, den sie in der Einrichtung – oder wo immer sie den Bengel auch hingesteckt hatten – nicht alleine lassen wollte.

Dabei war ihr der Kleine so gleichgültig wie ein Möwenschiss. Kinder hatten in ihrem Leben keinen Platz, weder eigene noch fremde. Es war ihr schleierhaft, wie man die Rotzgören so sehr lieben konnte, dass man sich dafür finanziell einschränkte oder sogar seine Karriere opferte. Anke war schon immer eine sentimentale Heulsuse gewesen, die an die große Liebe geglaubt und in einer Familie den Sinn ihres erbärmlichen Lebens gesehen hatte.

Als sie wegen der Scheidung vollkommen durch den Wind gewesen war, hatte Silke ihrer Stiefschwester ins Gesicht gelacht. Nach dieser Begegnung hatten sie sich nie wieder gesehen – bis zu ihrem Todestag.

Silke hatte die Waffe in genau dem Augenblick auf Anke gerichtet, als alle Zuschauer gebannt zur Bühne sahen und niemand in ihre Richtung blickte. Bevor ihre Stiefschwester auf die Bedrohung reagieren konnte, hatte sie die Pistole abgefeuert.

Der Schuss wirkte in dem Lärm des Drumsolos wie ein Spielfehler des Schlagzeugers. Bevor jemand die grauenvolle Wahrheit erkennen konnte, hatte sie die Pistole wieder in die Jackentasche gesteckt und war mit gesenktem Kopf in der Menge, die in kollektiver Schockstarre die Sängerin begaffte, verschwunden.

Die Tatwaffe hatte Silke nach einer gründlichen Reinigung in Sörens Zimmer versteckt. Dort schien die Polizei sie wie geplant gefunden zu haben, denn ohne die Pistole hätten die Beamten Ankes Ex sicherlich nicht verhaftet.

Silke hatte gerade eine Bluse in den Koffer gelegt, als das Smartphone sie mit einem *Pling* auf den Eingang einer neuen Nachricht hinwies. Sie zog das Gerät aus der Hosentasche und warf einen Blick auf das Display, wo ihr eine neue Messenger-Nachricht angezeigt wurde.

Ich habe eine hübsche Videoaufnahme von dir. Ruf mich an, wenn du in Freiheit leben willst.

Darunter stand eine Handynummer. Im ersten Moment wollte Silke die Mitteilung löschen und ignorieren, schließlich gab es genug Idioten – dann aber dachte sie an die Drohne, die sie nach dem Schuss aus den Augenwinkeln wahrgenommen hatte. Wenn das Ding eine Aufnahme von ihr gemacht hatte, war sie geliefert. Zumindest dann, wenn diese in falsche Hände geriet. Da der Absender sie damit anscheinend aber erpressen wollte, hatte er ihr Foto – oder was immer er auch aufgenommen haben mochte – noch nicht an die Polizei weitergeleitet.

Vielleicht erlaubte sich auch nur jemand einen üblen Scherz mit ihr, Spinner gab es schließlich genug. Die Aktion konnte auch ein Bluff des jungen Inselpolizisten sein. Im Gegensatz zu dem lebenden Ostfriesenwitz Ragnar Hansen, der das Internet mit seinem beschränkten Horizont sicherlich für ein Land in Südafrika oder eine tropische Obstsorte hielt, schien sein Kollege in der digitalen Welt daheim zu sein.

Hatten ihr die Polizisten eine Falle gestellt? Die Drohne hatten sie sicherlich auf einem der Bilder gesehen, die ihnen die Fans zur Verfügung gestellt hatten. Oder hatte ihr wirklich der Besitzer der Drohne geschrieben? Wer immer das blöde Ding gesteuert hatte und sie damit erpresste, würde nun ein blutiges Wunder erleben.

Silke wählte die in der Drohung angegebene Telefonnummer. Zwei Minuten später löschte sie die Nachricht und den Anruf aus ihrem internen Speicher und steckte das Mobiltelefon wieder ein. Ein Lächeln umspielte ihre Lippen, als ihr Plan immer konkretere Formen annahm. Niemand würde ihr die Karriere versauen, nach der sie sich ein Leben lang gesehnt hatte.

Musiker

Borkum, August

Tjark druckte das Foto der Mörderin aus und legte es vor sich auf den Schreibtisch. Nachdem er die Nummer des Offshore-Kontos daruntergeschrieben hatte, faltete er das Papier zusammen und steckte es in seine Hosentasche. Zu seiner Verwunderung hatte Silke Kunzmann auf eine persönliche Übergabe bestanden, da sie eine elektronische Nachricht als zu unsicher empfand und den Beweis in Papierform haben wollte.

Tjark hatte ihrer Forderung zugestimmt, ohne sich über die Folgen Gedanken zu machen. Bei einer Übermittlung per Mail hätte er nur seine digitalen Spuren verwischen müssen und wäre nie persönlich in Erscheinung getreten – bei einem Treffen hingegen konnte er trotz aller Vorsichtsmaßnahmen erkannt werden. Obwohl Silke ihn nicht umbringen konnte, solange sie die Originaldatei nicht in Händen hielt, war er keinesfalls sicher – schließlich konnte sie ihn überwältigen und foltern – aber das war … Blödsinn.

Er hatte einfach zu viele Actionfilme gesehen, in denen die Opfer den Spieß umdrehten und die Täter ordentlich in die Mangel nahmen. Aber das würde ihm nicht passieren, schließlich hatte er es mit einer zierlichen Frau zu tun, die seinen in einem Fitnessstudio gestählten Muskeln nichts entgegenzusetzen hatte. Ohne das Versteck der Dateien zu kennen, konnte sie ihn auch nicht einfach über den Haufen schießen, wie sie es mit der Sängerin gemacht hatte. Wie auch immer Tjark die Sache betrachtete – solange er keinen Fehler machte, konnte ihm die Killerin nichts anhaben. Da er keine persönlichen Sachen bei sich hatte – er hatte sogar das Smartphone daheim gelassen –, würde sie seinen Namen nie erfahren.

Er stieg auf sein Fahrrad und radelte zum *Café Ostland.* Von dort aus ging er durch die Dünen zum Strand. Silke hatte sich zunächst im Inselwäldchen *Greune Stee* mit ihm treffen wollen – aber da man sich dort überall verstecken konnte, hatte er den Strand vorgeschlagen, denn auf der freien Fläche konnte er jeden Ankömmling aus der Ferne bemerken.

Obwohl Tjark sich cool gab und scheinbar lässig durch den feinen Sand schlenderte, an dem sich um diese Zeit kaum noch Urlauber verloren, hatte er vor Nervosität schweißnasse Hände.

Mitten auf dem Strand blieb er stehen und drehte sich einmal um die eigene Achse.

Niemand war zu sehen. Da es an diesem Strandabschnitt keine Strandkörbe oder Wurfzelte gab, konnte sich auch keiner verstecken. Tjark beglückwünschte sich zu seiner genialen Idee und marschierte bis zur Wasserlinie.

Dort zog er das um seinen Hals hängende Multifunktionstuch bis über die Nase, sodass unter der Kapuze seines schwarzen Hoodies nur die Augen zu sehen waren, die er hinter einer Sonnenbrille verbarg. Keiner würde ihn in dieser Aufmachung erkennen. Er stellte sich mit dem Rücken zur Nordsee und ließ seinen Blick über den weitläufigen Strand schweifen – konnte aber weiterhin niemanden entdecken.

Eine halbe Stunde später stand er immer noch dort und hampelte von einem Bein auf das andere wie ein Kind, das dringend zur Toilette musste. Silke war bereits eine Viertelstunde zu spät dran. Mit jeder verstreichenden Minute wuchs seine Nervosität.

Das Gefühl, in eine Falle gelaufen zu sein, legte sich wie eine unsichtbare Schnur um seinen Hals und raubte ihm die Luft zum Atmen. Nach dem Sonnenuntergang hatte sich die

Dämmerung über die Insel gelegt und die tagsüber so farbenfrohe Welt in ein Schattenspiel verwandelt.

Plötzlich löste sich eine dunkle Gestalt aus den Dünen und schlenderte zunächst scheinbar ziellos über den Strand. Dann marschierte sie mit schnellen Schritten auf ihn zu.

Tjark wagte kaum zu atmen. Obwohl er die Person nicht genau erkennen konnte, erinnerte ihn die Statur an einen kräftig gebauten Mann. Demnach handelte es sich bestimmt nur um einen Spaziergänger, der ihn nach der Uhrzeit oder dem Weg fragen wollte.

»Bleib locker«, sprach er sich selbst Mut zu, aber das war leichter gesagt als getan, denn als sich die Gestalt bis auf wenige Meter genähert hatte, wäre er am liebsten weggelaufen.

»Moin«, grüßte er den Unbekannten, der seine Schritte beschleunigte. Als dieser nur eine Armlänge von ihm entfernt stehen blieb, erkannte er den Gitarristen von *Olde Düne*. »Kalle, bist du das wirklich? Voll krass, Alter. Ich bin ein Riesenfan der Band.«

Der Gitarrist musterte ihn schweigend mit einem kalten Blick, der Lava zu Eis hätte gefrieren lassen. Dann stieß er ihm urplötzlich so fest vor die Brust, dass Tjark nach hinten taumelte, wobei er verzweifelt sein Gleichgewicht zu halten versuchte. Was ihm allerdings nicht gelang, denn der Ausläufer einer Welle holte ihn von den Füßen und er fiel nach hinten. Bevor Tjark sich wieder aufrappeln konnte, war der Gitarrist über ihm, drückte den Hinterkopf in den nassen Sand und zog das Multifunktionstuch von seinem Gesicht.

»Wo sind die Aufnahmen?«

»Ich habe keine Ahnung, wovon du redest.« Tjark zappelte mit den Beinen und versuchte, den Arm des Angreifers wegzudrücken, allerdings vergeblich. Der Ausläufer einer weiteren Welle überspülte seinen Kopf. Er schluckte Wasser und hustete.

Wenige Augenblicke später konnte er wieder atmen.

»Lass mich los«, schrie er.

»Wo sind die Aufnahmen?«, wiederholte Kalle seine Frage.

»Ich weiß nicht …« Ein weiterer Ausläufer ließ Tjark verstummen. Sein Kopf wurde erneut unter Wasser getaucht und dieses Mal dauerte es etwas länger, bis sich die Welle so weit zurückgezogen hatte, dass er wieder atmen konnte. In der auflaufenden Flut blieb ihm nicht mehr viel Zeit, bis sich die Nordsee auch diesen Strandabschnitt einverleibt hatte. Das Salzwasser brannte in seinen Augen, die Sonnenbrille hatte er verloren. Im Mund hatte er den salzigen Geschmack des Meeres.

Die Angst schlug ihre Krallen wie ein hungriges Raubtier in seine Seele und zerfetzte sein Selbstbewusstsein. Inzwischen verfluchte sich Tjark für seine blöde Idee. Wenn er die Aufnahme an die Polizei weitergeleitet hätte, könnte er jetzt in Ruhe ein Bier trinken und sich im Internet und von der Presse als Held feiern lassen.

»Wo. Sind. Die. Aufnahmen?« Der Gitarrist schlug ihm bei jedem Wort ins Gesicht und drückte seinen Kopf bei der nächsten Welle erneut unter Wasser. Tjark gebärdete sich wie ein Wahnsinniger. Er schlug um sich und strampelte mit den Beinen. Mit seiner Gegenwehr erreichte er aber nichts, im Gegenteil – sie schien Kalle nur noch mehr anzustacheln.

Nach drei weiteren Wellen hatte Tjark so viel Wasser geschluckt, dass er den Kopf zur Seite drehte und erbrach. Salzige Flüssigkeit lief aus seiner Nase, sein Blick war verschwommen. Inzwischen zweifelte er nicht mehr daran, dass Kalle ihn umbringen würde. Warum war er nur nicht auf die Idee gekommen, dass Silke mit ihm unter einer Decke steckte? Lauerten die anderen Bandmitglieder auch irgendwo?

»Wohnung«, stammelte Tjark und erbrach eine weitere Ladung Salzwasser.

»Wo genau?« Der Gitarrist beugte sich weiter vor.

»Upholmstraße 40 … nicht schon wieder …« Statt seine Bitte zu erhören, drückte Kalle ihn ein weiteres Mal in die Ausläufer einer brechenden Welle – länger als jemals zuvor.

»Name?«

»Vosner.« Tjark schnappte nach Luft wie ein Fisch auf dem Trockenen. Kalle zog ein Smartphone aus der Hosentasche, tippte auf eine im Kurzwahlverzeichnis hinterlegte Nummer und gab die Informationen weiter.

»Silke ist auf dem Weg dorthin. Solltest du gelogen haben, wirst du in dieser Nacht als Fischfutter enden, hast du das kapiert?«

Tjark nickte. Als er sich aufsetzen wollte, stellte der Gitarrist einen Fuß auf seine Brust und drückte ihn wieder nach unten. »An deiner Stelle würde ich beten, dass Silke sich beeilt.«

»Bitte … lass mich gehen«, flehte Tjark. »Ihr bekommt alle Dateien. Niemand wird etwas erfahren.«

»Das hättest du dir vorher überlegen müssen.« Kalle verstärkte den Druck.

Nach endlos langen Minuten, in denen Tjark immer länger unter Wasser war, zog der Gitarrist seinen Fuß zurück und Tjark setzte sich japsend auf.

»Sie ist vor Ort. Wie kommt sie in die Wohnung?«

»Schlüssel … Möwe.«

»Eine Möwe hat deinen Schlüssel? Willst du mich verarschen?«

»Eingangstür. Holzfigur.« Tjark drehte den Kopf zur Seite und erbrach einen Schwall Wasser.

Ohne ihn aus den Augen zu lassen, telefonierte sein Peiniger erneut. »Sie ist drin«, informierte er ihn kurz darauf. »Wo sind die Dateien?«

»Speicherstick … Kaffeedose.« Tjark versuchte, sich aufzurichten – aber ein Tritt in die Rippen schickte ihn erneut in die Wellen. Prustend tauchte er wieder auf.

»Hast du Kopien davon gemacht?«

Tjark schüttelte den Kopf.

»Ich glaube dir kein Wort und … Silke, was ist da los? Sag doch was. Hallo … hallo?« Kalle schüttelte das Mobiltelefon, als könnten die Worte herausfallen. Dann wandte er sich mit wutverzerrtem Gesicht an Tjark. »Mit wem arbeitest du zusammen?«

»Ich … allein.«

»Lügner! Ich glaube dir kein Wort.« Der Gitarrist drückte ihn ein weiteres Mal unter Wasser und dieses Mal hatte es den Anschein, als wollte er ihn erst dann wieder loslassen, wenn sich seine Lungen mit Wasser gefüllt hatten.

Festnahme

Borkum, August

»Tormann ist bei der Befragung unserer Hamburger Kollegen zusammengebrochen.« Hansen hakte die Daumen hinter seine Hosenträger und sah seinen Kollegen nach dem Telefonat triumphierend an. »Er ist ein verheirateter Mann und hatte eine Affäre mit Silke. Sie hat ihm einen Besuch bei seiner Familie angedroht, sollte er ihr Alibi nicht bestätigen. Ich wusste doch gleich, dass die Aufschneiderin uns angelogen hat.«

»Das macht sie noch lange nicht zu einer Mörderin«, wandte Jan ein und rieb sich über die Augen. Nach über zwölfstündiger Arbeit vor dem Bildschirm verschwammen die Fotos und Videos, die sich die Polizisten den ganzen Tag über angesehen hatten, zu konturlosen Farbflecken.

»Das ist richtig. Dennoch sollten wir sie noch einmal in die Mangel nehmen. Die Frau verbirgt etwas, da bin ich sicher.« Der Hauptkommissar ließ die Hosenträger flippen und schlüpfte in seine Clogs, die er unter dem Schreibtisch abgestellt hatte.

»Ich bin überrascht, dass du mich überhaupt dabeihaben willst. In den letzten Tagen hast du mich immer wieder zum Bürodienst abkommandiert.«

»Wir mussten uns aufteilen, sonst hätten wir die Ermittlungen nicht durchführen können.« Hansen schlüpfte in seinen Friesennerz.

Wenig später radelten die Polizisten zum Hotel *Möwennest*, in dem die Sängerin abgestiegen war. Sie hatten sich für die Fahrräder entschieden, weil eine Fahrt mit dem Streifenwagen unnötige Aufmerksamkeit erregt hätte.

Als sie noch wenige Meter vom Hotel entfernt waren, sahen sie eine Frau aus dem Gebäude treten. Im Licht der Türlampe erkannten sie Silke Kunzmann.

»Die schnappe ich mir.« Jan wollte gerade fest in die Pedale treten, als Hansen ihn am Arm packte und auf eine Einfahrt deutete, die schräg gegenüber dem Hotel lag. Dort angekommen, fragte der junge Polizist: »Warum willst du sie nicht sofort vernehmen?«

»Die führt etwas im Schilde. Wir sollten ihr heimlich folgen.«

»Bist du neuerdings unter die Hellseher gegangen?«

»Wie oft wirfst du bei einem Spaziergang einen Blick über deine Schulter?«

»Nie, warum … okay, ich habe kapiert. Demnach will sie sich also vergewissern, dass ihr keiner folgt.«

»Das sehe ich genauso. Wir werden sie beschatten.« Der Hauptkommissar lugte um die Ecke. »Los jetzt. Worauf wartest du noch?«, trieb er seinen Kollegen zur Eile an.

»In deinem Friesennerz bist du so auffällig wie eine Signalboje. Du fährst zur Polizeistation zurück und wartest dort auf mich.«

»Machst du neuerdings die Ansagen?« Hansen schob den Zigarrenstumpen von einem Mundwinkel in den anderen.

»Das geschieht aus reiner Fürsorge.« Jan lehnte sein Fahrrad an die Hauswand. »Bei einer Verfolgungsjagd könnte deine Pumpe schlappmachen. Zudem sind deine Kniegelenke so beweglich wie eingerostete Scharniere. Wir sehen uns.« Er schlug ihm auf die Schulter und folgte Kunzmann in sicherem Abstand.

Da die meisten Urlauber um diese Zeit die Kneipen und Bars im Inselzentrum unsicher machten oder auf der Strandpromenade entlangschlenderten, begegnete ihm in den Seitenstraßen kaum jemand. Die Verdächtige wirkte nervös und blickte immer wieder über ihre Schulter. Als sie sich einmal sogar umdrehte, rettete sich Jan im letzten Moment mit einem Sprung in einen Hauseingang.

In der Upholmstraße sah sie sich erneut um und eilte dann zu einem der Reihenhäuser.

Aus sicherer Entfernung beobachtete Jan, wie sie telefonierte und danach eine neben der Tür stehende Figur, die er von seinem Standort aus nicht genau erkennen konnte, anhob. Wenige Augenblicke später war sie im Haus verschwunden. Demnach hatte sie wahrscheinlich den Schlüssel aus einem Versteck genommen.

Jan huschte über die Straße und lief über einen schmalen Gehweg zum letzten Haus in der Reihe. *Vosner* stand auf dem Klingelschild. Der Name sagte ihm nichts. Was um alles in der Welt hatte Silke dort verloren?

Er drückte gegen die Eingangstür, die allerdings verschlossen war.

»So ein Mist«, grummelte er und rannte um das Haus herum. Hinter dem Gebäude war eine Terrasse, auf der zwei verrostete Gartenstühle standen. Durch das Fenster konnte er in einen hell erleuchteten Raum blicken, der von einem riesigen Schreibtisch dominiert wurde. Die Verdächtige schien sich hier sicher zu fühlen, denn sonst hätte sie niemals das Licht eingeschaltet. Wusste sie, dass der ursprüngliche Bewohner nicht zu Hause war?

Nun zückte Silke wieder das Handy und telefonierte erneut – mit wem und worüber konnte Jan leider nicht hören. Ihren fahrigen Bewegungen nach zu urteilen, war Kunzmann ziemlich aufgeregt. Sie verließ den Raum. Kurz darauf wurde in der Küche das Licht eingeschaltet und die Verdächtige öffnete alle Schränke, bis sie eine Kaffeedose fand. Diese kippte sie auf dem Tisch aus und wühlte in dem Kaffeepulver herum.

Um Kunzmann genauer beobachten zu können, wagte sich Jan weiter an das Fenster heran. Dabei stieß er an eine Kiste mit leeren Flaschen, die daraufhin klirrten. Bevor er sich in Deckung bringen konnte, schrie die Verdächtige überrascht auf und rannte zum Ausgang.

Jan sprintete um das Haus herum und wartete vor der Eingangstür – aber diese blieb verschlossen. Demnach hatte Kunzmann sich in einem der Zimmer versteckt … oder sie floh in diesem Moment aus dem rückwärtigen Teil des Gebäudes.

Sollte er hier warten oder wieder auf die Terrasse zurückkehren? Musste er sich gewaltsam Zugang zum Haus verschaffen oder sollte er Hansen um Verstärkung bitten?

Mitten in seinen Überlegungen bellte ein Schuss auf.

Jan flitzte sofort zur Straße, von der eine Waffe abgefeuert worden war.

Dort sah er Hansen. Neben ihm lag sein E-Bike.

In seinem gelben Regenmantel wirkte sein Vorgesetzter auf den ersten Blick wie die ostfriesische Version eines Westernhelden vor einem Revolverduell. Silke Kunzmann stand so reglos mitten auf der Straße, als wäre sie festgewachsen.

»Beim nächsten Mal schieße ich nicht in die Luft«, grummelte der Hauptkommissar, ohne sein Gegenüber aus den Augen zu lassen. »Warum sind Sie vor meinem Kollegen geflohen?«

»Ich hielt ihn für einen Einbrecher.« Der festen Stimme nach schien sie die Überraschung überwunden zu haben. »Warum bedrohen Sie mich mit einer Waffe?«

»Die Fragen stelle immer noch ich«, machte Hansen klar und deutete mit einem Kopfnicken auf Jan, der nun hinter die Flüchtende getreten war. »Wie du siehst, bin ich noch topfit. Meiner Pumpe geht es prima und die Gelenke quietschen noch nicht. Ohne mein Eingreifen wäre Kunzmann entkommen. «

Jan kniff die Lippen zusammen, um eine bissige Bemerkung runterzuschlucken, denn der Hauptkommissar hatte vollkommen recht. Er hatte sich wie ein Anfänger benommen.

»Was haben Sie in der Wohnung gesucht?« Der junge Polizist stellte sich vor Kunzmann.

»Ich hatte dort … äh … mein … Handy vergessen.« Sie zog das Gerät aus ihrer Hosentasche. »Glücklicherweise habe ich es wiedergefunden.«

»Das kann nicht sein, da Sie vor dem Betreten der Wohnung damit telefoniert haben.« Jan stemmte die Hände in die Seiten.

»Das ist nicht richtig«, behauptete sie und schritt zur Straßenseite.

»Wo wollen Sie denn hin?« Hansen stellte sich ihr in den Weg.

»In mein Hotelzimmer.«

»Sie werden nirgendwohin gehen. Der Anruf lässt sich über das Telefonprotokoll sicherlich nachvollziehen.«

»Ich bestreite das Telefonat auch nicht. Das Gespräch erfolgte nur, nachdem ich mein Mobiltelefon wiedergefunden habe.«

»Das ist gelogen«, ereiferte sich Jan.

»Können Sie Ihre Aussage beweisen?« Silke drehte sich zu dem jungen Polizisten um und blickte ihn herausfordernd an. »Das habe ich mir doch gedacht«, interpretierte sie sein Schweigen richtig.

»In welchem Verhältnis stehen Sie zum Besitzer der Wohnung?« Der Hauptkommissar musterte sie aufmerksam.

»Das ist Privatsache und geht Sie nichts an.« Ihre Stimme hatte wieder jenen schnippischen Unterton, der Jan schon vorher zur Weißglut gebracht hatte.

»Irrtum.« Hansen ergriff ihren Arm. »Hiermit verhafte ich Sie wegen des Verdachts des Mordes an Anke Burkard.«

»Haben Sie den Verstand verloren? Wenn Sie mich nicht sofort loslassen, werde ich Sie wegen Körperverletzung verklagen. Sören hat seine Ex getötet«, keifte sie.

»Davon bin ich keinesfalls überzeugt. Ihr Alibi ist geplatzt.«

»Sie bluffen doch nur.«

»Da wäre ich mir an Ihrer Stelle nicht so sicher. Hände auf den Rücken.« Die Stimme des Hauptkommissars duldete keinen Widerspruch. Wenige Augenblicke später klickten die Handschellen, und Silke Kunzmann wurde von Jan zur Polizeistation eskortiert, während Hansen sich in Vosners Wohnung umsah.

Beweismaterial

Borkum, August

»Mit dieser Aufzeichnung wird kein Rechtsverdreher einen Freispruch erwirken können.« Drei Stunden später zog Hansen den Speicherchip, der mit Tesafilm auf dem Boden der Kaffeedose festgeklebt worden war, aus dem Adapter seines Computers und legte ihn so vorsichtig auf seinen Schreibtisch, als könnte er bei der geringsten Erschütterung explodieren.

»Auf dem Video ist die Mörderin klar zu erkennen«, stimmte sein Kollege zu. »Von Vosner fehlt allerdings jede Spur. Hoffentlich hat Kunzmann ihn nicht auch noch auf dem Gewissen.«

»Sagtest du nicht, dass sie vor der Haustür mit jemandem telefoniert hat?«

»Das ist richtig«, bestätigte sein Kollege. »Wahrscheinlich hat sie von einem Komplizen das Versteck des Schlüssels erfahren. Dieser wird Vosner in seiner Gewalt haben.«

Bei dem Wort *Komplize* sahen sich die Polizisten an und nannten dann wie auf ein Stichwort hin beide denselben Namen.

»Kalle.«

»Den Kerl knöpfe ich mir vor.« Jan sprang auf.

»Bleib hier. Sollten wir mit unserer Vermutung recht haben, ist Kalle ohnehin längst untergetaucht. Wenn wir dafür sorgen, dass er die Insel nicht verlassen kann, ist seine Ergreifung nur eine Frage der Zeit. Falls er mit der Sache nichts zu tun hat, kann er uns sicherlich mit Informationen weiterhelfen, schließlich wollte er Silke unbedingt in der Band haben. Kümmerst du dich um die Inselflieger und die Fährmitarbeiter? Ich klingele den Hafenmeister aus dem

Bett. Ohne unsere ausdrückliche Genehmigung wird kein Schiff den Yachthafen verlassen.«

Wenige Minuten später hatten die Beamten die Verantwortlichen aus dem Schlaf gerissen und sie über die Fahndung nach Karl-Heinz Neuber informiert. Obwohl Kalle auf Borkum so bekannt war wie ein bunter Hund, hatten die Ermittler ein aktuelles Foto in eine Mail eingehängt, damit die Mitarbeiter vor Ort die Passagiere abgleichen konnten. Nachdem sie auch mit den Kollegen der Polizeiinspektion Leer/Emden gesprochen hatten, widmeten sie sich der Suche nach Tjark Vosner.

»Was um alles in der Welt hat er mit dem Mord zu tun?« Jan legte die Fingerspitzen aneinander und dachte nach.

»Ihm wird die Drohne gehören, die wir auf einigen Bildern gesehen haben. Ich gehe davon aus, dass er Kunzmann mit der Aufnahme erpressen wollte.«

»Dann hat er sich mit der falschen Frau angelegt. Nach dem Mord hätte er doch wissen müssen, dass Ankes Stiefschwester eine skrupellose Killerin ist. Wahrscheinlich war Vosner auch noch so dämlich, sich persönlich mit Kunzmann treffen zu wollen. Versetz dich mal in seine Lage: Welchen Ort hättest du gewählt?« Hansen steckte die Daumen unter die Hosenträger und lehnte sich in seinem Stuhl zurück.

»Den Strand, denn dort kann sich niemand verstecken.«

»Da ist was dran.« Der Hauptkommissar ließ den Zigarrenstumpen von einem Mundwinkel in den anderen wandern. »Auf Borkum gibt es sechsundzwanzig Kilometer Sandstrand. Die können wir unmöglich alle absuchen. Zudem könnte Vosner längst ein Opfer der Flut geworden sein. Sollten wir keine Leiche finden, können wir den Komplizen nicht einmal für einen Mord verantwortlich machen, weil uns eine Leiche fehlt.«

»Vielleicht ist Vosner nur untergetaucht, nachdem seine Erpressung aufgeflogen ist«, schlug Jan eine Lösung vor.

»Möglich, aber unwahrscheinlich. Ich gehe keinesfalls davon aus, dass er Kunzmann die Verstecke des Schlüssels und des Speicherchips freiwillig verraten hat.« Der Hauptkommissar ließ die Hosenträger flippen. »Wir werden warten müssen, bis …« Er verstummte, als das Telefon klingelte.

Wenige Minuten später beendete er das Gespräch.

»Vosner ist im Krankenhaus. Ein junges Paar hat ihn mehr tot als lebendig aus der Nordsee gefischt. Er ist unterkühlt und hat literweise Wasser geschluckt, sonst aber keine ernsthaften Verletzungen davongetragen. Ich werde ihn sofort vernehmen.« Er stand auf und schlurrte zur Garderobe.

»Mitten in der Nacht?«

»Das Böse schläft bekanntlich nicht. Du wirst in der Zeit so viele Informationen wie möglich zum Gitarristen zusammentragen. Ich will wissen, wo er sich überall verstecken könnte oder wer ihm Unterschlupf gewähren würde.«

»Na toll. Ich darf wieder den Bürodienst machen«, beschwerte sich Jan und gähnte.

»Schlaf nicht ein.«

Hansen schlüpfte in seinen Friesennerz und marschierte aus dem Büro. Zwanzig Minuten später stand er am Bett von Tjark Vosner, der mehr Ähnlichkeit mit einer Wasserleiche als mit einem Lebenden hatte. Die Haut war so blass, dass sie sich kaum von dem weißen Bettzeug abhob. Die Lippen waren zwei blutleere Striche, die Haare an den Kopf geklatscht, als hätte sie jemand angeklebt. Bunte Kabel schlängelten sich wie giftige Nattern unter der Bettdecke hervor. Sie steckten in Maschinen, die seine Vitalwerte überprüften. Neben dem Bett stand ein Tropf, durch den eine farblose Flüssigkeit in seinen linken Arm lief.

»Ich habe in deiner Wohnung eine Drohne gefunden. Hast du das Konzert damit gefilmt?«

Der Kopf bewegte sich kaum merklich auf und ab.

»Warum hast du den Datenträger nicht sofort der Polizei ausgehändigt?«

»Weil …« Die bleichen Lippen bebten.

»Du hast Kunzmann damit erpresst, richtig?«, half ihm der Hauptkommissar auf die Sprünge.

»Ja.«

»Hat Kalle dir das angetan?«

Wieder eine Kopfbewegung, die der Kommissar als Nicken deutete.

»Hast du eine Ahnung, wo ich den Gitarristen finden kann?«

»Nee.«

»Sehr gesprächig bist du nicht gerade. Wir unterhalten uns, wenn du ausgeschlafen bist.«

Hansen schlurfte zum Ausgang. Da er in dieser Nacht von Vosner nichts Neues erfahren würde, wollte er zunächst zur Polizeistation zurückradeln, entschied sich dann aber dagegen. Wenn Kalle den Mann nicht umgebracht hatte, war er anscheinend nicht so skrupellos wie die neue Sängerin, die bei einer Verurteilung viele Jahre im Gefängnis trällern würde.

Der Hauptkommissar fuhr zur Wohnung des Gitarristen in der Specksniederstrate. Als ihm dort keiner öffnete, radelte Hansen zum *Dünengrab*, weil er sich vom Drummer Informationen zum Verbleib des Gitarristen erhoffte.

In der Kneipe war kaum noch etwas los. Einige Zecher hingen wie Stoffpuppen auf ihren Stühlen, die Hände um ein Bierglas gekrallt. Auf einem Barhocker saß ein übergewichtiger Mann. Die Arme hatte er auf der Theke verschränkt, der Kopf hing auf seiner Brust, als hätten sich seine Muskeln in Gummibänder verwandelt.

»Moin Ragnar, willst du ein Feierabendbier?«

»Ich bin noch im Dienst. Ist dein Sohn daheim?«

»Der wollte noch mit Kalle proben.«

»Um diese Zeit?«

»Hat mich auch gewundert. Anscheinend hat Kalle einen neuen Song geschrieben, den er unbedingt einspielen wollte. Stefan sollte wohl auch kommen. Rockmusiker haben doch alle einen an der Waffel.« Er tippte sich mit dem rechten Zeigefinger gegen die Schläfe.

»Hast du eine Ahnung, wo ich die finden kann?«

»Im Proberaum. In der Nähe des Hafens ist ein alter Getränkehandel.«

»Das Gebäude steht doch seit Jahren leer.«

»Deshalb hat es der Eigentümer *Olde Düne* auch zur Verfügung gestellt. Ich nehme an, dass du die Jungs dort findest.«

»Wir sehen uns.«

Hansen strampelte zu dem mit Graffiti beschmierten Betonklotz. Bei seiner Ankunft hörte er schon einen wummernden Bass und ein treibendes Schlagzeug. Die Instrumente gaben den Rhythmus für eine melancholische Gitarrenmelodie vor.

Der Hauptkommissar blieb stehen und lauschte. Obwohl er mit Rockmusik wenig anfangen konnte, gefiel ihm dieses Lied, das auch ohne Gesang hervorragend funktionierte. Er wartete vor dem Eingang, bis die Band den Song zu Ende gespielt hatte. Dann öffnete er die nur angelehnte Stahltür, die beim Eintreten in ihren Angeln quietschte.

»Das Lied ist echt gut. Habt ihr schon einen Titel?« Er ging zu den drei jungen Männern, die auf einer provisorischen Bühne standen.

»Auf den Schwingen der Freiheit.« Kalle stellte seine Gitarre in den Ständer neben sich. »Ich schätze, dass Sie meinetwegen gekommen sind.«

»Jo. Kommst du freiwillig mit, oder muss ich dir Handschellen anlegen?«

»Ich werde Ihnen keine Probleme machen.«

»Das höre ich gerne.«

Kalle drehte sich zu den anderen Musikern um. »Ich steige aus der Band aus und wünsche euch viel Erfolg.«

Ohne ein Wort des Abschieds verließ er danach gemeinsam mit Hansen den Proberaum.

Bücherkisten

Borkum, November

»Kannst du mir noch die restlichen Kisten bringen?« Heike Gessner deutete in ihrer Buchhandlung auf einen mannshohen Turm am Ende des Verkaufsraums.

»Puh, ich bin vollkommen erledigt, schließlich schleppe ich schon seit über einer Stunde Bücher durch die Gegend.« Jan wischte sich den Schweiß von der Stirn.

»In seinem Alter konnte ich tagelang schwere Lasten tragen, ohne mich zu beklagen.« Der Hauptkommissar, der wenige Augenblicke zuvor das *Borkumer Bookje* betreten hatte, schüttelte den Kopf. »Die jungen Kerle sind einfach nichts mehr gewohnt.«

»Du kannst mir gerne helfen.« Jan drückte sein Kreuz durch.

»Nee, lass mal. Ist nicht gut für meine Gelenke.« Hansen grinste und hob dann mahnend den Zeigefinger. »Wage es ja nicht, dich am Montag mit einem Bandscheibenvorfall krankzumelden.«

»Mir tut jetzt schon alles weh.«

»Was findest du nur an dem Weichei?« Diese Frage stellte Hansen der Buchhändlerin, die ihr neues Buch mit dem Titel *Borkumer Melodie* auf eine Rampe im Eingangsbereich räumte.

»Er hat seine Qualitäten.« Bei der Bemerkung zwinkerte sie Jan zu.

»Echt jetzt?« Der Hauptkommissar kratzte sich am Kopf. »Ich habe bisher noch keine …«

»Vorsicht!«, mahnte sein Kollege. »Auf dumme Sprüche würde ich an deiner Stelle verzichten.«

»Besser ist das«, bestätigte Heike und stellte ein Ansichtsexemplar auf einen Acrylständer. Hansen nahm ein Buch vom Stapel. »Ist dieses Werk wirklich so toll, wie die Pressefuzzis behaupten? In den sozialen Netzwerken loben dich die Leser über den grünen Klee.«

»Warum findest du es nicht selbst heraus? Ich schenke dir das Exemplar.«

»Danke. Das ist lieb von dir.« Der Hauptkommissar steckte die Ausgabe in eine Tasche seines Friesennerzes.

»Das Buch ist nicht nur eine Biografie über die Sängerin Anke Burkard, sondern auch eine Hommage an *Olde Düne*, die sich inzwischen aufgelöst haben. Das ist schade, denn ihr letztes Lied *Auf den Schwingen der Freiheit* ist ein Hit geworden, der von den regionalen Radiostationen rauf und runter gespielt wird«, informierte ihn Jan.

»Das Buch verkauft sich nicht nur auf Borkum wie geschnittenes Brot. Es ist auch im Internethandel ein echter Renner«, sagte Heike nicht ohne Stolz. »Bisher ist es der einzige Titel, den ich mit Tränen in den Augen geschrieben habe, denn Ankes Stimme wird mir fehlen. Mit diesem Werk möchte ich ihr ein literarisches Denkmal setzen, damit sie niemals in Vergessenheit gerät. Der Verkaufserlös geht in einen Fonds, über den ihr Sohn Mattes bei seiner Volljährigkeit verfügen kann. Es freut mich, dass Stefan das Sorgerecht für ihn bekommen hat. Was ist eigentlich mit seinem leiblichen Vater?«

»Sören hat Borkum wieder verlassen. Keine Ahnung, wo er sich zurzeit rumtreibt. Obwohl er nach seiner Inhaftierung vollkommen rehabilitiert wurde, werden ihm die Ereignisse schwer zu schaffen machen. Ich bin sicher, dass er Anke trotz allem geliebt hat. Hoffentlich kann er eines Tages eine gute Beziehung zu seinem Sohn aufbauen.«

»Ragnar, was geschieht jetzt eigentlich mit Ankes Stiefschwester?« Heike strich sich eine Haarsträhne, die sich aus ihrem Pferdeschwanz gelöst hatte, hinter das Ohr.

»Das Verfahren gegen Silke Kunzmann soll noch in diesem Jahr eröffnet werden. Angesichts der erdrückenden Beweislast wird das Gericht sie sicherlich wegen Mordes verurteilen. Die Möchtegernsängerin wird das Gefängnis so schnell nicht wieder verlassen können.«

»Wie lange wird Kalle für seine Vergehen büßen müssen?«

»Er wird sicherlich eine Weile in einer Zelle verbringen müssen. Beihilfe zum Mord und schwere Körperverletzung sind schließlich keine Bagatelldelikte. Vosner hingegen könnte mit einem blauen Auge davonkommen. Nachdem er dem Tod im letzten Moment von der Schippe gesprungen ist, wird er so schnell niemanden mehr erpressen wollen. Dennoch hat er seinen Job verloren und versucht sein Glück nun auf dem Festland.

Glücklicherweise ist nach dem aufregenden Sommer nun wieder Ruhe auf der Insel eingekehrt. Bei diesem Schietwetter bleiben sogar die Ganoven in ihren vier Wänden.« Der Hauptkommissar deutete mit einem Kopfnicken zur Glastür der Buchhandlung, hinter der schwarze Wolkenfelder sichtbar waren, die von stürmischen Böen über den Himmel gepeitscht wurden. Der Regen wurde vom Wind durch die Luft gewirbelt, sodass er von allen Seiten gleichzeitig zu kommen schien. »Glücklicherweise bin ich für diese Witterung passend gekleidet.« Bei dieser Bemerkung deutete er auf seinen Friesennerz.

»Werden deine Füße in den Clogs nicht nass?« Jan runzelte die Stirn.

»Natürlich, aber das Wasser kann wunderbar ablaufen. Wir sehen uns am Montag.« Hansen verabschiedete sich winkend.

»Werden bei diesem Regen heute noch Kunden kommen?« Jan warf einen Blick auf die vom Himmel fallende Sintflut.

»Wahrscheinlich nicht. Um diese Jahreszeit sind ohnehin nur wenige Touristen auf Borkum und die Insulaner werden bei dieser Witterung daheimbleiben. Warum fragst du?«

»Wenn du die Buchhandlung etwas früher schließt, könnten wir es uns mit einem steifen Grog auf dem Sofa gemütlich machen und Musik von *Olde Düne* hören.«

»Gute Idee.« Heike klimperte mit dem Schlüssel.

»Super. Ich hole schnell meine Jacke.«

»Nicht so hastig. Wir werden den Laden zusperren, sobald die Bücherkisten verräumt sind. Je schneller du dich also an die Arbeit machst, desto eher können wir uns unter eine Decke kuscheln. Natürlich erst, nachdem du geduscht hast«, fügte sie naserümpfend hinzu.

»Ich bin total erledigt«, beschwerte sich Jan und ließ die Arme hängen.

»Wenn du schon mit ein paar Kisten überfordert bist, werde ich wohl eine Anzeige aufgeben müssen. Ich bin sicher, dass sich viele gutgebaute Männer bei mir melden, wenn ich ihnen eine … sagen wir … besondere Belohnung in Aussicht stelle.« Sie grinste verschmitzt.

»Das ist Erpressung.« Jan lachte und machte sich an die Arbeit.

Ostfrieslandkrimi-Empfehlungen des Klarant Verlages

Kennen Sie auch schon die Ostfrieslandkrimi-Serie *Ein Fall für Joost Kramer* von Dörte Jensen?

Kommissar Joost Kramer ist ehrlich und geradeheraus. Der Ermittler liebt seine Heimat Ostfriesland und klärt im hohen Norden brisante Mordfälle auf. Immer mittendrin: Joosts Freundin Ricarda. Wenn der ostfriesische Kommissar mal wieder zu bürokratisch agiert, hilft sie ihm auf die Sprünge. Vor allem aber ermittelt die Fotografin gern auf eigene Faust, meist ungefragt. Dank ihrer Risikobereitschaft liefert sie oft den entscheidenden Hinweis und bringt sich dabei regelmäßig in höchste Gefahr …

In der Serie sind folgende Ostfrieslandkrimis erschienen:

»Blutiger Wahn«, Band 1
Taschenbuch ISBN: 978-3-95573-974-4
eBook ISBN: 978-3-95573-975-1

Am Strand von Norddeich wird die Kleidung der erfolgreichen Schauspielerin Henrike Sattler aufgefunden. Die Hinweise deuten auf Selbstmord. Seit Wochen sitzt ihr Ehemann als Verdächtiger einer schrecklichen Bluttat in U-Haft – hat sie die Situation und den öffentlichen Druck nicht mehr ertragen? Kommissar Joost Kramer ermittelt. Dabei machen ihm nicht nur die mysteriösen Fälle zu schaffen, sondern auch die Alleingänge von Henrikes bester Freundin Ricarda. Die Fotografin glaubt an eine grausame Intrige und verdächtigt Henrikes längst abservierten Ex-Freund. Ist die junge Schauspielerin in Wahrheit noch am Leben? Und welche Rolle spielt der verschwundene Schlüsselbund?

Trotz aller Widrigkeiten lichtet sich der Nebel. Doch gerade als Kommissar Kramer meint, die mysteriösen Zusammenhänge zu durchschauen, kommt es zum tödlichen Showdown in Ostfriesland …

»Blutige Affäre«, Band 2
Taschenbuch-ISBN: 978-3-96586-007-0
eBook-ISBN: 978-3-96586-008-7

»Blutiger Verrat«, Band 3
Taschenbuch-ISBN: 978-3-96586-011-7
eBook-ISBN: 978-3-96586-012-4

»Blutiger Pfad«, Band 4
Taschenbuch-ISBN: 978-3-96586-029-2
eBook-ISBN: 978-3-96586-030-8

»Blutige Küste«, Band 5
Taschenbuch-ISBN: 978-3-96586-062-9
eBook-ISBN: 978-3-96586-063-6

»Blutige Insel«, Band 6
Taschenbuch-ISBN: 978-3-96586-091-9
eBook-ISBN: 978-3-96586-092-6

»Blutiges Töwerland«, Band 7
Taschenbuch-ISBN: 978-3-96586-140-4
eBook-ISBN: 978-3-96586-141-1

»Blutige Falle«, Band 8
Taschenbuch-ISBN: 978-3-96586-168-8
eBook-ISBN: 978-3-96586-169-5

»Blutige Strandhochzeit«, Band 9
Taschenbuch-ISBN: 978-3-96586-168-8
eBook-ISBN: 978-3-96586-169-5

»Blutige Seedüne«, Band 10
Taschenbuch-ISBN: 978-3-96586-316-3
eBook-ISBN: 978-3-96586-317-0

»Blutige Nordsee«, Band 11
Taschenbuch-ISBN: 978-3-96586-375-0
eBook-ISBN: 978-3-96586-376-7

»Blutiger Meerblick«, Band 12
Taschenbuch-ISBN: 978-3-96586-453-5
eBook-ISBN: 978-3-96586-454-2

»Blutiger Abschied«, Band 13
Taschenbuch-ISBN: 978-3-96586-497-9
eBook-ISBN: 978-3-96586-498-6

Klarant Verlag

Lernen Sie die Ostfrieslandkrimi-Titel des Klarant Verlages kennen und besuchen Sie uns im Internet unter:

www.ostfrieslandkrimi.de

und

www.klarant.de

Sie können dort Näheres über unsere Autorinnen und Autoren erfahren, viele weitere interessante Bücher und eBooks finden und Leseproben herunterladen. Mit dem kostenlosen Newsletter auf

www.ostfrieslandkrimi-lesen.de

erhalten Sie aktuelle Informationen rund um das Verlagsprogramm wie beispielsweise spannende Neuerscheinungen und Gewinnspiele.